KB020040

공정거래위원회 8

2024년 2월 8일 초판 1쇄 인쇄
2024년 2월 15일 초판 1쇄 발행

지은이 현우
발행인 김관영

기획 이기헌 왕소현 임동관 박경무 강민구 조익현
책임편집 금선정
마케팅지원 이원선

발행처 (주)로크미디어
출판등록 2003년 3월 24일
주소 서울시 마포구 마포대로 45 일진빌딩 6층
Tel (02)3273-5135 **Fax** (02)3273-5134
홈페이지 rokmedia.com **E-mail** rokmedia@empas.com

Contents

대법원 (2)　　　　　　　　　7

슬쩍, 하나　　　　　　　　29

당사자 나와　　　　　　　73

새로운 국면　　　　　　　107

손절　　　　　　　　　　131

보복, 시작　　　　　　　155

직무 정지　　　　　　　　189

기소전야　　　　　　　　213

무혐의　　　　　　　　　237

이준철 과장　　　　　　　281

질 끝판왕 사망

한명그룹
김성균 본부장

대법원 (2)

변호인 얼굴이 쩍 갈라졌다.

방청석에 있는 사람도 모두 입을 다물지 못했다.

"죄송합니다, 판사님. 시공사 김태영 사장입니다."

"증인. 늦은 이유가 뭡니까?"

"……현실적인 이유 때문에 많이 도망 다녔습니다. 오래 고민한 만큼 오늘은 확신을 가지고 이 자리에 섰습니다."

이전과 달리 불안한 얼굴이 아니다. 비장한 각오가 표정에서부터 느껴졌다.

"판사님! 이미 심리(審理)는 다 끝났습니다. 법정에 무단 지각은……."

"오늘은 고인이 설 수 있는 마지막 재판이라 말씀드렸습니다. 증인 출석 인정합니다."

주심 판사는 변호인들의 이의 제기를 단칼에 무시하며 의사봉을 내려놨다.

김태영 사장은 증인석에 오르며 준철에게 나직이 말했다.

"늦어서 미안합니다. 제가 보고 들은 모든 내용을 가감 없이 말씀드리죠."

이로써 재판은 다시 원점으로 돌아왔다.

준철은 마른침을 삼켰다.

"먼저 묻겠습니다, 증인. 태영건설의 시공비는 얼마였죠?"

"50억이었습니다."

"대한전력은 이 공사를 100억에 발주했는데, 금액이 크게 다르군요."

"예. 아시다시피 저희는 재재하청사였습니다."

"하청의 하청의 하청. 이러면 발주사와 의사소통은 제대로 됐습니까?"

"현장 애로 사항을 전달할 때도 대한전력을 직접 만나 보지 못했습니다."

상대측에 불리한 진술은 반복하고 강조해 물어야 한다.

"대한전력을 한 번도 만난 적이 없다, 이 말씀이십니까?"

"예. 대한전력은커녕 원청인 한명건설도 제대로 만나 보지 못했습니다."

"그렇다면 애로 사항도 위로 잘 전달되지 않았겠군요."

"그렇습니다. 전신주정비 사업은 특성상 위로 보고할 문제가 많음에도 단 한 번도 책임자를 만날 수 없었습니다."

"그중에 꼭 필요한데 묵살당한 요구도 있습니까."

"예. 한 번은 저희 쪽에서 정전을 요청한 적이 있습니다. 전봇대가 태풍에 반파돼서 위험한 작업이었죠. 그래서 정전 작업을 요청했습니다만 묵살됐습니다."

잠자코 있던 지사장이 입을 열었다.

"이의 있습니다, 판사님. 정전 요청을 거부한 건 주민들의 민원 때문입니다. 시공사의 정전 요청을 다 들어주면 오히려 국민들의 불편만 심해집니다."

준철도 맞받아쳤다.

"민원을 상대하는 것도 대한전력의 역할 중 하납니다. 근로자의 안전을 위해서라면 진행했어야 합니다."

"근데 그게 무슨 상관입니까? 해당 사건은 정전 요청을 했던 사건이 아닙니다! 증인이 책임을 회피하려 관련 없는 사건까지 들먹이는 겁니다."

"말씀 삼가십쇼. 이건 대한전력이 현장에 얼마나 무심했는지를 증명해 주는 사례입니다."

"그럼 그 증명을 왜 1, 2심 때는 안 했습니까? 재판장님. 김태영 사장은 모든 안전 수칙을 철저히 지켰고, 대한전력과의 업무 협조도 원활했다 밝힌 바 있습니다. 왜 1, 2심 진술과 다릅니까."

거기에 대해선 준철도 할 말이 없었다.

하지만 곧 폭탄선언이 등장했다.

"제 진술을 번복하겠습니다. 현장은 안전 수칙을 대부분 지키지 않았고, 대한전력과 소통한 적도 없습니다."

"증인! 법정에서 진술은 함부로 바꾸는 게 아닙니다."

"그리고 위증도 했습니다. 저는 사고가 터진 직후 근로 일지와 현장 점검 내용을 조작했습니다. 대한전력 임원과 하지도 않은 미팅을 한 것처럼 꾸몄고, 의사록도 꾸몄습니다. 저희가 제출한 내용 모두, 거짓입니다."

청중석에서 탄성이 터져 나왔다. 갑작스런 양심선언에 피의자들도 입을 다물지 못했다.

"증인……. 방금 한 말은 본인이 처벌될 수도 있는 내용입니다. 사실입니까?"

"예, 판사님. 모두 사실입니다. 한명건설의 지시로 저희는 모든 현장 일지를 위조했고, 자재 창고에 안전 장비도 쌓았습니다. 이게 그 증거입니다."

김 사장은 한명건설과 나눴던 대화 기록을 판사에게 제출했다.

내용은 적나라했다.

몇 날 몇 시에 자재 창고에 안전 장비를 입고시키겠단 내용, 근로 일지를 어떻게 조작해야 하는지에 관한 내용.

그리고 재차 확인하는 치밀함까지.

공정거래
위원회

해당 내용이 법원 프롬프터를 통해 공개되자 청중석이 시끄러워졌다.

"뭐야, 그럼 사문서 위조가 사실이야?"

"공정위가 무리한 혐의로 영장 친 게 아니라고?"

준철은 기세를 올렸다.

"증인. 비단 한명건설만 이를 지시했습니까, 아니면 대한전력 간부들도 있었습니까."

"예. 제게 연락해 원청사와 사태 해결에 최선을 다하라 했습니다. 맥락상 조작을 도우란 지시로 들렸습니다."

모든 시선이 대한전력 지사장에게 향했다.

"아, 아닙니다! 그런 적 없었습니다."

"분명히 있었습니다. 제 통신 자료 조회하면 대한전력 간부와 통화한 내역이 있을 겁니다."

준철은 판사에게 말했다.

"재판장님, 비단 이뿐이 아닙니다. 대한전력은 지금까지 가장 많은 사망 사고를 냈습니다. 하지만 서류만 보면 늘 안전 수칙이 다 완벽했습니다. 그리고 이 대화 내용을 보십쇼. 대한전력이 간접적으로 증거 조작에 가담했다는 게 입증됐습니다."

준철이 지적한 건 증거 자료 마지막이었다.

[사태를 어떻게 해결하는지 대한전력이 지켜보고 있습니다. 위기

를 기회로 만드세요.]

한명건설 간부가 그리 문자를 보낸 것이다.

"이건 이미 원청과 대한전력 간에 합의가 있었다는 명백한 증거입니다."

그 증거 앞에선 놈들도 입을 다물었다.

주심 판사는 의사봉을 두드리며 좌중을 정숙시켰다.

"변호인. 이 자료에 대해 반박할 거 있으면 하세요."

"……."

"없습니까?"

수없이 많은 자리를 지키던 변호인 증인들은 더 이상 의미가 없었다.

명백한 증거들 앞에 모두 침묵만 지켰다.

"없으면 검찰 측의 구형을 듣겠습니다."

준철은 자리에서 일어나 다시 프롬프터로 향했다. 이번이 마지막이다. 희생자가 하고 싶은 마지막 말. 준철은 판사에게 고개를 돌려 청중들을 바라봤다.

"판사님, 그리고 존경하는 국민 여러분. 원청이 따간 공사는 100억이었지만 이는 아무런 이유도 없이 하청, 재하청, 재재하청을 만나며 반값이 됐습니다. 만약 처음부터 50억에 가능한 공사였다면 업무상 배임을 의심해도 이상하지 않을 액수입니다."

"……."

"삭감되는 과정에서 근로자는 당연히 보호받아야 할 안전 수칙과 안전 장비도 지급받지 못했습니다. 대한전력은 사망 사고 최다 기관이란 오명에도 불구, 단 한 번도 이 문제를 방지하기 위한 대책을 마련하지 않았습니다."

"……."

"하청 근로자의 죽음에 아무런 책임도 느끼지 않았던 겁니다. 이는 비단 대한전력의 문제만이 아닙니다. 공공기관은 발주자로 늘 법적 책임에서 자유로웠습니다. 하지만 무관심이 얼마나 많은 생명을 해칠 수 있는지 우린 이 사건에서 똑똑히 배웠습니다."

준철이 눈짓을 보내자 검사가 말없이 고개를 끄덕였다.

"하여 안전 감독 의무 소홀, 직무 유기, 사문서 위조 등의 혐의로 판단, 대한전력 간부 5인에게 징역 2년을 구형합니다."

방청석에선 숨소리도 들리지 않았다.

잘해 봤자 집행유예를 구형할 것이라 생각했는데 구형마저 예상을 뛰어 넘었다.

"변호인 측, 마지막 변론하세요."

"……존경하는 판사님, 직무유기는 너무 광범위합니다. 사문서 위조는 보통 직접 행동을 취한 사람에게 적용되지, 지시를 내린 사람에게 적용하지 않습니다. 물론 위계에 의한 강요다 말할 수 있겠지만, 이는 김태영 사장이 부탁도 하지 않은 일을 직접 지시한 겁니다."

그들은 마지막으로 발악했다.

"만약 그게 사실이면 진짜 큰 처벌은 하청사 김태영 사장에게 더 막중하게 부과되어야지요. 대한전력 간부 전원에게 무죄를 요청드립니다."

김태영 사장은 눈을 감았다.

어차피 자신은 이 일을 최종적으로 처리한 사람. 저들이 처벌을 받으면 자신도 무사치 못한다. 이미 각오한 일이다.

판사는 잠시 휴정을 선언했고, 뒤로 가서 의견을 나눴다. 이윽고 돌아왔을 땐 무척이나 무거운 얼굴들이었다.

"판결하겠습니다. 해당 사건은 증거 조작이 사실로 드러났단 점에 있어 경악을 금할 수 없습니다. 본 대법원은 1, 2심을 파기, 발주자인 지사장에게 징역 1년을 선고합니다. 아울러 증거 조작에 적극 가담한 김태영에게도 집행유예를 파기, 실형 1년 6월을 선고합니다. 검사 측은 한명건설에서 이를 누가 지시했는지를 파악한 후 별도 사건으로 재기소하길 바랍니다."

땅땅땅.

의사봉이 떨어지자 유가족들의 통곡 소리가 터져 나왔다.

공정거래
위원회

대법 판결이 역전승으로 끝나자 일대는 아수라장이 됐다.

발주자인 대한전력을 공사의 책임자로 인정한 첫 판례다. 이는 다른 공공기관의 입찰 사업에도 기준점이 될 것이다.

기자들은 앞다퉈 유가족들에게 달려갔고, 보도국에 해당 사실을 전하느라 법원이 도깨비시장처럼 시끌벅적했다.

혼란을 틈타 한명건설 관계자와 임원진들은 일찌감치 자리를 떴지만 법정을 떠나지 못하는 사람도 있었다.

─지금 심정이 어떠십니까?

─실형을 예상하셨습니까?

지사장이 수인복을 입고 등장하자 기자들이 달려들었다.

무너진 그의 얼굴이 모든 걸 말해 준다. 오늘 같은 상황은 예상치도 못했다는 걸.

─시공사 사장이 직접 사문서 위조 혐의를 자백했습니다.

─대한전력 측에서도 협박을 한 겁니까?

그는 집요한 질문에도 끝끝내 입을 열지 않았다. 3심에서 이미 확정된 형량이니, 이젠 기자들도 상대하고 싶지 않을 것이다.

"반장님, 유가족분들 일단 저희 사무실로 모셔 주세요. 형사사건에서 이겼으니 이젠 위로금이 아닌 민사로 배상금 받아 내야 합니다."

"네. 잘 안내해 드리겠습니다. 근데 팀장님은 어디 가시려고요?"

"고맙단 인사는 드려야 할 것 같네요."

"아…… 알겠습니다. 그럼 먼저 가 있겠습니다."

더할 나위 없이 완벽한 승리였지만 마음이 온전히 편하지 않았다. 사문서 위조를 자백한 김태영 사장도 즉각 구속됐으며 법정을 떠나지 못했다.

구속영장이 기각됐을 땐 그를 원망하는 마음이 컸지만, 지금은 미안한 마음뿐이다.

한명건설에서 일하며 얼마나 많은 죄를 하청 사장에게 뒤집어씌워 봤나.

불법체류자가 적발되면 당연하게 인력사 탓이었고, 산재 사고도 모두 하청사에게 뒤집어씌웠다. 이 모두 일감 협박 한마디면 저절로 해결됐던 일이다.

근로 일지를 조작했다고 고백하는 그의 모습에서 여러 하청사 사장들 얼굴이 스쳤다.

"잠시만요."

수인복을 입은 그가 호송차에 오르자 준철이 헐레벌떡 뛰었다.

수인복을 입은 그에게 무슨 말을 건네야 할지 몰랐다.

그런 심정을 읽었을까. 그가 살짝 고개를 숙이며 먼저 인사를 건네주었다.

공정거래
위원회

"늦어서 죄송합니다, 팀장님."

"……제시간에 와 주셨는걸요. 저야말로 죄송합니다."

"죄송은 무슨. 법정에서 모든 걸 다 자백하니 후련하군요. 대한전력 대신 내가 처벌 받으면 되는 거라 생각한 제 자신이 바보였습니다."

진심에서 우러나온 말 같다.

"그나저나 아쉽습니다. 지사장 한 명만 처벌이 내려지네요."

"다 처벌 받는 건 무리였습니다. 가장 윗급이 처벌 받았으니 성공한 거죠. 그리고 이런 사건에 실형은 법정최고형이나 다름없어요."

그 말이 그에게 위로가 되길 바랐다.

지시를 내린 놈은 실형 1년. 협박당해 증거를 조작한 사람은 1년 6개월. 그것도 원심에선 시공사인 김 사장만 집행유예를 받았다.

내색은 못 해도 억울함이 클 것이다.

"김 사장님, 이런 말 뭣하지만 오늘 사건은 기념비적인 판례가 될 겁니다. 발주사가 책임을 진 첫 사례였으니, 앞으로 하청 관행이 눈에 띄게 달라질 겁니다."

"그렇게 거창한 건가요?"

그는 털털하게 웃으며 준철에게 물었다.

"혹시 제 진술이 더 필요한 부분이 있나요?"

"……부탁 좀 드려도 될까요."

"말씀하세요."

"사장님께서 제출하신 대화 기록은 한명건설 홍 사장으로 되어 있었습니다만……."

"더 윗선의 지시가 있었느냔 말씀이시군요."

"네. 한명건설은 구조상 부회장이 모든 지시를 내리거든요."

확신할 수 있다.

부회장은 단가를 아끼기 위해 콘크리트 업체까지 직접 선별하는 놈이다. 이번 사업이 재재하청까지 갔다는 걸 모를 리 없으며, 증거인멸에도 가장 앞장섰을 것이다.

"이건 최영석 부회장의 묵인, 아니 지시 없인 이뤄질 수가 없습니다."

그는 잠시 생각하더니 고개를 저었다.

"죄송합니다, 팀장님. 최영석 부회장과 직접 통화한 적은 없었습니다."

"정황상 그의 지시처럼 보였다거나……."

"없었습니다. 하다못해 홍 사장이 부회장 이름을 팔며 지시를 내린 적도 없습니다. 제가 드린 대화 기록은 법원에 제출한 게 전부입니다."

젠장.

역시나 얕은수로는 안 무너지는 건가.

통화 녹취는 물론, 결재 사인에 나와 있는 최종 책임자도 홍영기 사장이었다. 정황상 부회장이 모를 리 없겠다만 이건 어디까지나 심증.

홍 사장은 최선을 다해 뒤집어쓸 것이며, 부회장은 진부하지만 재판에선 늘 먹히는 변명 '몰랐다'만 되풀이할 것이다.

"제 대답이 도움 안 되는 모양이군요. 한명건설은 처벌 못 하는 겁니까?"

"아닙니다. 녹취까지 확보했으니 홍 사장은 곧 기소될 겁니다. 증거인멸을 직접 지시한 사람이니 지사장 이상의 실형이 나올 거예요."

"그래도 저보단 낮게 나오겠죠?"

농담처럼 말했지만 억울함이 절절하게 느껴졌다. 결국 이 사태의 가장 큰 책임을 지는 건 자신이 될 것이다.

"아마도 그럴 겁니다. 1년에서 1년 6개월 사이겠죠."

"제 형량이 최대치고, 대한전력이 최소치군요. 기왕 그러면 1년 6개월에 가깝길 바랍니다."

정말 모든 죄를 자백했다는 후련함 때문일까. 아니면 현실에 대한 자조일까.

"잘 부탁드립니다."

그는 웃음을 띠며 호송차에 올랐다.

그 모습에 한동안 발걸음을 뗄 수 없었다.

[속보, 대법원 실형 선고]
[뒤집힌 판례, 발주자를 안전 관리 책임자로 인정]
[다른 공공기관에 미칠 파장은?]

세기의 재판답게 하루하루 속보가 쏟아졌다.

발주사를 처벌한 것도 충격이지만, 이에 실형이 떨어진 건 아무도 예상 못 했던 일이다.

대법원의 판결에 가장 시끄러워진 건 엉뚱하게도 광화문이었다.

―13시간 땡볕 작업! 하청은 기계 인간!

―지하철은 하청 근로자의 피로 달린다!

―국민 여러분! 대한민국 10대 건설사는 모두 커미션 장삽니다. 공공기관이 하청 업체와 직접 거래하면 인력과 시간 모두 아낄 수 있습니다!

그간 숨죽여 왔던 하청 노조들이 전국적으로 궐기한 것이다.

이들은 공공기관과 하청의 직계약을 요구하며 100만 서명 운동을 시작했다. 원청노조에 늘 눈칫밥 먹던 이들이 목소리를 높여 보는 것도 이례적인 일이었다.

공정거래
위원회

청와대 낙하산으로 소문난 공공기관장들도 이젠 이 여론을 무시할 수 없었다.

산재 사망 사고 2위 철도공단은 언론 발표를 통해 하청의 재하청을 엄격히 금하는 조항을 발표했다.

3위인 도로공단은 한술 더 떠 원청의 하청도 금지시켜 버렸고.

농어촌공단은 전국 안전 점검 실태조사를 지시하며 칼바람을 예고했다.

하지만 사건의 주범인 대한전력은 언론에 입장 표명도 할수 없었다. 한순간에 지도부 다섯 명이 날아가 버렸기 때문이다.

이 사태를 수습할 지사장은 감방에 들어갔고, 이를 대신할 권한대행은 집행유예로 자동 해임⋯⋯. 그렇게 넘버5가 줄줄이 옷을 벗었다.

초유의 사태 속에 출범한 비상대책위는 소집 이틀 만에 눈물의 반성문을 읽었다.

─전신주 정비 사업은 대한전력의 가장 큰 규모 사업이지만, 규모에 걸맞지 않게 저희들은 무책임했고, 안일했습니다. ⋯⋯(중략)⋯⋯.

내부에서 논의한 바, 공사비 삭감이 사고의 가장 큰 원인이라 판단하였습니다. 이에 저희 대한전력은 재하청, 재재하청 등을 엄격히 금할 것이며, 직접 시공 원청에 일감이 갈 수 있도록 가산점제를 운용하겠습니다.

또한 자사 직원을 감리사로 파견하여 근로 일지, 안전 점검 등이 제대로 작성되고 있는지 파악하겠습니다.

부득이 하청을 쓸 수밖에 없는 사업이면 그 감리사를 통해 시공사와 대한전력이 직접 소통하도록 하겠습니다.

다시 한번 유가족 여러분들께 진심으로 사과드리겠습니다.

❧

준철은 취조실에 있는 티비를 끄며 물었다.

"어떡하실래요, 홍영기 씨."

한명건설 홍영기 사장.

솔직히 전생에 나쁜 인연은 아니었다.

그 또한 하청 쥐어짜기의 달인으로 부회장에게 적잖은 신임을 얻었던 인물이다.

비슷한 계통의 사람이라 김성균과 통하는 게 많았고, 번갈아 가며 악역을 맡을 때도 있었다.

"깨끗하게 인정하겠습니다. 모두 제 잘못입니다."

하지만 적대 관계로 마주하니 꼴통도 이런 꼴통이 없다.

"자꾸 이러실 거예요? 이거 홍 사장님 책임 아니잖아요. 더 윗선이 있잖아요."

"누굴 말씀하시는지."

"최영석 부회장 말입니다."

"그 결재 서류를 보십쇼. 부회장님 사인이 있습니까? 모두 제가 지시한 일입니다."

그는 눈 하나 끔뻑하지 않았다.

"건설 관련 최종 결정권은 모두 부회장에게 있는 거 압니다. 그리고 서류를 보세요. 하청이 재하청, 재재하청 부리면서 공사비 다 깎였는데, 이게 부회장 귀로 안 들어갔어요?"

잠시 말이 막히는 그였다.

하지만 그 또한 취조실 설렁탕 한두 그릇이 아니다.

"네. 모두 제가 지시한 내용이네요."

"일개 임원이 이렇게 중차대한 일을 결정한다고요?"

"예의는 지켜 주십쇼. 일개 임원이라니."

"그럼 사문서 위조 지시한 것도 당신 단독 범행이란 거지? 참고로 말하는데 우리 구형은 무조건 3년 이상이야. 여론 반응 보면 못 빠져 나간다는 거 알걸."

하지만 원하는 대답은 나오지 않았다.

"맞습니다. 모두 제가 지시한 일이에요. 달게 받겠습니다."

반성에서 우러나오는 목소리가 아니다.

구형 아무리 높게 때려 봤자 어차피 상한선은 1년 6개월이라는 걸 아는 것이다. 대한민국에서 가장 비싼 변호사들한테 컨설팅 받았을 테니 더 이상의 협박은 의미가 없다.

"짠한 놈."

준철은 미련 없이 자리에서 일어났다.

"고작 해 봐야 퇴직금 몇 푼 더인데 자기 명예를 파는군. 아닌가? 최영석 대신 실형까지 살 정도면 최소 계열사 정도?"

"이보쇼. 왜 자꾸 아무 연관도 없는 부회장님을 걸고넘어지는 거야."

"결정권은 모두 다 그놈한테 있으니까."

"그럼 병상에 누워 계신 회장님을 부르지 그래? 그룹 내 모든 결정권은 결국 회장님한테 있어."

놈이 득의양양 웃었다.

"방금 그 말 자백으로 들어도 되나."

"뭐?"

"병상에 누워 계신 회장님이 했단 말 말이야."

"이런 미친놈을 봤나. 크큭. 조사관님, 자꾸 이런 식으로 나오면 나도 유도신문으로 당신 걸 거요. 그냥 좋게 말할 때 내 잘못인 걸로 합시다."

놈이 또다시 웃었다.

퇴직금인지 계열사인진 몰라도 한몫 단단히 챙겨 받은 것 같다.

하긴 징역 1년이 긴 세월도 아니지. 챙겨 받은 돈으로 노후 계획 세우다 보면 출소가 눈앞일 것이다.

"아, 근데 한명건설에 의문의 교통사고 당한 놈 있지 않나? 부회장 대신 죄 뒤집어쓰려다가."

공정거래
위원회

"뭐, 뭐?"

"그 신문에도 나왔잖아요. 갑질 끝판왕 사망했다고. 모쪼록 몸조심 잘하쇼. 내가 알기론 그쪽 부회장이 썩 믿음직한 사람은 아니야."

웃음 가득하던 놈의 얼굴이 팍 식어 버렸다. 그래, 그 말을 듣고 네 속이 좋을 리 없겠지.

"어떻게 됐습니까, 팀장님."

"잡아 처넣어야겠네요, 이놈."

김 반장은 말투만 들어도 취조실 상황을 예상할 수 있었다.

"얘기가 잘 안 풀리셨군요."

"……끝끝내 자기가 한 짓이랍니다. 분명 결정권은 모두 부회장에게 있을 텐데."

"그럼 형량이라도 높게 받아 내면 되죠."

준철은 긴 한숨을 쉬며 서류를 내밀었다.

"하늘에 빌어야겠네요. 이 내용 이제 검찰로 이관해 주세요. 저흰 오늘부로 공식 수사 종료입니다."

애석하지만 끝장을 볼 수 없다.

사문서 위조는 공정위가 고발할 수 없는 범죄로 이젠 검찰의 역량하에 달렸다.

그나마 들끓고 있는 여론이 위안이 된다.

이렇게 살벌하게 국민들이 감시하고 있는데, 봐주기 구형은 하지 않겠지.

"알겠습니다. 전달하겠습니다."

김 반장이 물러나고 혼자 있게 되자 여러 생각이 겹쳤다.

'최영석……'

새삼 부회장이 얼마나 든든한 방패를 쥐고 있는지 실감이
났다.

덮을 수 있는 범죄는 모두 변호사를 통해 덮고, 들킬 수밖
에 없는 건 임원을 대신 총알받이로 세워 버린다. 역시나 인
의 장막을 넘을 수 없구나.

사실 그놈을 취조실로 부를 방법이 없는 건 아니다.

알고 있는 횡령만 수십 가지이며, 그중엔 임원들이 절대
뒤집어써 줄 수 없는 범죄도 많다.

하지만 모두 내부자만 알고 있는 내용이라 이걸 어떻게 요
리할지……

'일단 조사하고 내부 고발인 척해? 저놈들 혼란스럽게?'

준철은 취조실 문을 보며 혀를 찼다.

아는 얘기 슬쩍……. 하나만 꺼내 볼까?

질 끝판왕 사망

한명그룹
김성균 본부장

슬쩍, 하나

"저놈들 완전 꼬리 내린 거야?"

"네. 이 팀장이 과징금 부과했더군요. 총 7천만 원. 대한전력 비대위 측에서 모두 승복하겠다고 알려 왔습니다."

"독한 놈이네. 이걸 3심에서 뒤집다니."

"솔직히 저도 예상하지 못했습니다."

비단 두 사람만 예상 못 했던 게 아니다. 2심까지 졌고, 공사 사고를 발주자까지 처벌한 건 전례가 없는 일이다.

모든 여론이 부정적 전망을 내놨을 만큼 대법 판결은 결말이 빤한 일이었다. 하지만 여기서 역전승이 나올 줄이야.

판례가 뒤집힌 것도 놀라웠지만, 실형이 떨어진 건 놀랍다 못해 충격적이기까지 하다.

"세기의 재판답구먼."

"예. 판례 한번 제대로 썼습니다. 얘기 들어 보니 공공기관들 군기가 아주 바짝 들었더군요. 자진해서 감리사를 파견하는 곳도 생겼고, 매주 하청사와 미팅을 잡는 일정도 생겼다 합니다. 중대재해법 이후 최악의 위기란 말이 괜한 소리가 아닌 것 같습니다."

더할 나위 없이 완벽한 승리였지만 찝찝한 구석도 있었다.

"한명건설은 사장 놈이 뒤집어썼다고?"

"네. 사문서 위조 지시한 게 모두 자기 잘못이라 하더군요. 누가 봐도 최종 책임자는 최영석인데."

"이준철이가 가만있어?"

"속을 모르겠습니다. 다른 기업 같았으면 홍 사장한테 자백받아 내겠다고 길길이 날뛰었을 텐데."

"꿍꿍이가 있는 모양이지?"

탁ㅡ.

김 국장이 서류를 덮었다.

"미련 그만 떨라 그래. 한명그룹이 어떤 놈인데 홍 사장이 자백한다고 되겠어? 부회장 대신 뒤집어써 줄 놈들 줄 섰다."

"네. 아직 조용한 눈치라 말할 기회가 없었는데, 만약 수위 넘는다 싶으면 제가 엄하게 주의를 주려 합니다."

서류를 덮는 두 사람도 찝찝하긴 마찬가지다.

애초에 이런 사건이 부회장 지시 없이 이뤄지진 않겠지. 근로일지를 조작하라 지시 내린 것도 다 부회장의 오더였을 것이다.

하지만 할 수 있는 처벌이 있고, 없는 게 있다.

밑에 놈이 폭탄 조끼 입고 스위치 누르면 거기서 끝나는 것이다. 애초에 사문서 위조 혐의를 공정위가 오래 끌고 갈 수도 없는 것이고.

"그래도 수족들 다 잘려 나갔는데 그놈도 눈치는 보겠지."

"네."

"뒷말 나오면 안 돼. 사문서 위조는 검찰 영역이야. 깔끔하게 이관하자."

국장님이 서류를 건넸다는 건 공식적으로 끝났다는 뜻이다.

"예, 그럼."

오 과장이 고개를 숙이고 나갈 때, 김 국장이 불렀다.

"참, 오 과장. 그때 얘기했던 진급 문제 말이야."

"아, 예."

"이제 얼마 안 남았으니 당사자한테 알려 줘."

"벌써 발령 결정된 겁니까?"

"다음 달 인사심사 때 정식 발령 날 거야. 세종."

본청으로 불러들이는 건 최고의 진급 코스를 밟았단 뜻과 다름없지만 축하가 잘 나오지 않았다.

사고는 잘 쳐도 일처리는 확실한 놈, 이 녀석이 주는 재미는 여기서 끝인가 보다.

"두 달도 안 남았으니 미리 말해. 괜히 또 이 기간에 사고 치다가 엎질러지면 안 되잖아."

"예."

"고생했다는 말도 전해 주라고."

꾸벅 인사를 하고 나온 오 과장은 마음이 이상했다.

이젠 정말 보내 줘야 할 때인가 보다.

"설명부터 해 봐. 이게 뭐지?"

이놈에겐 좋은 소식을 전해 주는 것도 사치인가.

보기만 해도 질식할 것 같은 서류 폭탄에 퉁명스런 말투가 나갔다.

"한명건설의 허위 계열사로 의심되는 회사입니다. 외국계 콘크리트 업체로 신고되어 있는데, 물품 오간 흔적이 없더군요. 부회장이 유령 회사를 세워 횡령한 것 같습니다."

"이 자식이 누가 그걸 물었냐. 그러니까 이걸 어떻게 알았냐고."

싱가폴로 가서 그 회사를 세우고 온 게 김성균이었으니까.

준철은 그 말 대신 준비한 변명을 꺼냈다.

"이번 한명건설 수사하며 알게 된 자료입니다. 훑어보니 이것저것 나오더군요."

"이 팀장."

"예."

"너 혹시 억하심정 때문에 그러는 거 아니냐?"

"무슨 말씀인지……."

"대충 네 심정 알아. 대한전력 사건, 딱 봐도 최종 몸통은 부회장이겠지. 사정이 저럴 때까지 최종 결정권자가 모르고 있었단 건 말이 안 되니까. 하지만 그렇다고 이렇게 별건 수사 쳐 버리면 되겠냐."

조사하면서 얻은 정보로 별건 수사를 치는 건 사실 치사한 일이다.

"그리고 한명건설의 어떤 자료를 봤기에 부회장 비자금 내역이 나와?"

10년 동안 한명건설을 거쳐 간 시멘트 업체는 열 곳이 넘는다. 그중에 딱 하나 잡아 이걸 부회장 명의의 유령 회사라 의심하는 게 황당했다.

"과장님 자료만 봐주십쇼. 안 이상하십니까?"

하지만 더욱 황당한 건.

이놈이 올린 보고서가 그럴듯하다는 거다.

수많은 시멘트 업체 중에 유일하게 외국에 세워진 회사였고, 대표자 이름도 이상하다.

"가격 비교표를 봐 주세요. 국내 시멘트 업체한테 산 가격보다 이 거래처가 20%씩 비쌉니다. 물량도 월등히 높아요. 왜 이렇게 비싼 값을 주고 샀겠습니까."

대기업은 하청들의 납품 단가를 후려치는 곳이지 웃돈 주고 사는 놈들이 아니다. 시멘트를 지구 반대편에 있는 싱가폴에서 사 올 이유도 없다.

"웃돈 주고 납품받고 차액은 부회장 주머니로 갔을 겁니다."

횡령이 아니라면 설명되지 않는 상황.

"심지어 PL시멘트는 설립 4년 차밖에 되지 않는 회사인데, 단숨에 한명건설 납품의 30%를 차지해 버렸습니다."

"그래서? 부회장이 싱가폴에 유령 회사 세우고, 거기다 일감을 몰아줬다?"

"네. 처음부터 비자금 조성이 목적인 회사였습니다."

오 과장은 침이 꼴깍 넘어갔다. 아무리 들어도 허무맹랑한 소리가 아니다.

한명건설에 납품하는 시멘트 업체는 모두 중소기업으로 한명건설이 갑 대우 톡톡히 받으며 부려 먹을 수 있는 머슴들이었다.

하지만 싱가폴계 회사 PL에는 유난히 관대했다. 가격을 너무 비싸게 납품받는다. 협상 한 번만 해도 반타작 만들 수 있겠건만, 가격을 깎으려는 시도조차 없다.

심심하면 하청들 집합시키고, 납품 단가 꼬투리 잡는 것들이 왜 갑자기?

"그럼 나도 하나만 묻자. 이건 베테랑들이 현미경 들고 완전 다 까 봐야 알 만한 내용들인데, 넌 어떻게 그걸 알지?"

"조사하다 알게 된……."

"시답잖은 변명하지 말고."

"정말 그게 전부입니다.

오 과장은 혀를 찼다.

어차피 이 이상 추궁한다고 대답을 해 줄 놈도 아니다.

무엇보다 이놈 주장대로 자료만 놓고 보면 당장 검찰에 기소해도 손색없었다.

"만약 재가해 주시면 당장 검찰에 기소를……."

"기다려 인마. 아직 안 끝났어."

오 과장은 물끄러미 보더니 물었다.

"네가 대기업들 장부 한두 번 털어 본 것도 아니고, 이렇게까지 하는 이유가 뭐냐? 다른 대기업도 지저분한 내역 건드렸으면 다 털었을 텐데."

"……억하심정이 아주 없는 건 아닙니다. 이번 사태, 반드시 책임져야 할 놈이 빠져나갔으니……."

"그럼 이번엔 당연히 타깃이 부회장이겠네?"

"네. 사내 비자금 조성은 부회장이 임원들 대타로 내보낼 수 없는 사건입니다. 맡겨 주시면 제가 제대로 조사해 보겠습니다."

과장님이 호의적으로 나와 주자 희망이 보이는 것 같았다.

"일단 가 봐라."

"과장님……."

"아니, 이건 신중하게 생각하는 게 맞아. 사망 사고로 대한 전력이랑 한명건설 처벌했는데, 기다렸다는 듯 딴 놈 치는 건 누가 봐도 표적 수사야."

준철도 욕심 내지 않았다.

"알겠습니다."

놈이 꾸벅 인사하며 물러가자 오 과장이 구시렁거렸다.

"옌장. 진급 소식은 이번에도 못 전했네."

♻

건설 업계에서 한명만큼 단가 후려치기가 심한 곳이 있을까?

기자재 부장 자리를 처음 맡았을 때, 가장 먼저 한 건 원·하청 간담회였다. 물론 이름만 간담회였던 하청들 줄 집합이었지만.

"납품 단가가 이렇게 높은데 어디 공사판 돌아가겠소? 우리 지금 아파트 만드는 거지 벙커 만드는 게 아니야. 그리고 내가 이 말까진 안 하려 했는데, 자꾸 누가 시멘트랑 철근 빼

돌린단 소문 돕니다. 계속 이렇게 뒷말 나오면 하청 안 쓰고 우리가 직접 할 거요."

하지만 효과는 늘 좋아서 다음 날 철근, 시멘트 가격이 몇십 프로씩 떨어지곤 했다. 하청들도 울며 겨자 먹기로 시멘트 배합을 줄이거나 철근을 줄였을 것이다.

하지만 상관없었다. 공사 하다 무너지지만 않으면.

한명건설은 대량 납품 등을 이유로 이 가격을 하청에게서 무자비하게 깎았다. 하청사에선 인건비만 거의 건져가는 것이 전부였다.

그중에서도 가장 심한 것이 시멘트였는데, 한날 부회장이 이상한 말을 해 왔다.

"그러니까……. 유령 회사를 세우란 말씀이십니까?"

"그래, 싱가폴에 회사 하나 세울 거야. 다 정리된 얘기니까 이 번호로 연락해서 물량 돌려 봐. 가격은 이걸로 납품받고."

숫자를 보자마자 무슨 지시인지 알 수 있었다.

시중 가격보다 20%나 비싼 매입.

이건 부회장의 비자금이란 뜻이다.

"표정이 왜 그래?"

좋을 리가 있나.

기존 하청사들이 납품하는 물품을 서서히 줄이면서 특정 회사에 일감을 몰아줘야 하는 일이다.

"……부회장님, 어제까지 하청들 집합시켜서 납품 단가 내리라고 협박했습니다. 근데 비자금 때문에 웃돈 주고 사는 건."

"이 친구야, 나 좋자고 이 돈 만드는 줄 알아? 내년 아파트 입찰 따내려면 부지런히 정치인들 쫓아다니면서 기름칠해 줘야 돼. 아님 굶어 죽을 거야?"

모두 다 회사를 위한 일이라는 변명, 전혀 믿기지가 않았다. 그것도 한두 푼이지 400억가량 되는 돈은 필요 없다.

부회장은 방만 경영 바로잡기로 주주들의 환심을 샀고, 그 신뢰를 바탕으로 나중에 아주 거하게 해 먹었다.

"부회장님……. 시멘트 시세야 어차피 업계 가격이 빤히 있는 건데, 이럼 당국의 의심을 못 피할 겁니다. 그리고 저희 하청사들은 저희 믿고 생산 설비 늘렸습니다. 갑자기 물량을 줄이기 시작하면 반발이 심할 겁니다."

"그러니까 그 반발 줄여 보라는 거 아니야. 서서히 물량 줄이면서."

하청 사장들의 비명이 들렸다.

원청 하나 믿고 억지로 늘린 생산 설비를 모조리 다 줄여야 한다.

"성균아, 일단 되게만 하자. 어차피 나 이렇게 아낀 돈 다 회사 위해 쓸 거야. 건설이 좀 험하냐? 공사 따내고, 입찰 받아 내려면 여기저기 기름칠 많이 해야 한다. 어차피 들키면

공정거래
위원회

다 내가 책임질 수밖에 없어. 나 믿고 해 봐."

그것이 이 사건을 꺼낸 계기였다. 이건 부회장이 절대로 빠져나갈 수 없는 횡령이다.

과연 그 약점을 드러냈을 때 놈의 얼굴이 어떨지 벌써부터 궁금해졌다.

❂

경쟁정책국 구성길 과장은 불편한 기색을 여과 없이 드러냈다.

"대체 가만히 있는 한명건설을 왜 털겠대."

"편견 없이 자료만 봐 봐. 구린내 술술 나지 않아?"

"대기업 중에 이 정도 구린내 안 나는 놈 없어."

"그럼 다 잡아 넣자고. 우리도 인력 파견해서 돕지."

천연덕스런 반응에 구 과장이 끙 앓았다.

한명건설의 수십 개나 되는 납품 업체 중 수상한 거래 흔적이 발견됐고, 20년의 경험상 이건 일감 몰아주기가 아닐 수 없었다.

문제는 이 범죄의 동기다.

"자네들은 지금 최영석 부회장 놈의 비자금 의심하는 거지?"

"그래."

"그럼 내가 왜 하기 싫다는 건지도 알지?"

"나도 사람인지라 별생각 다 들어. 비자금 빼돌려서 어디다 뿌렸을까, 뒷돈 받아먹은 정치인은 누굴까."

경험상 이렇게 마련한 돈은 예외 없이 여의도로 흘러갔다. 특히나 건설업계는 모든 인허가권을 정치권이 쥐고 있으니 로비가 빈번하게 이뤄진다.

조사는 꼬리에 꼬리를 물고 늘어질 것이고, 머잖아 민감한 이름도 거론될 것이다. 일감 몰아주기로 시작한 의혹이 특검으로 끝날 수도 있다.

"알면 그냥 검찰에 토스해. 같은 비리라도 건설 비리는 스케일이 무지막지하다는 거 몰라?"

"우리가 발을 뺄 수 없는 이유도 가져 왔어."

"뭐?"

쏙—.

"한명건설이 PL에 일감 몰아주면서 기존 하청들이 다 물갈이 됐나 봐. 우리한테 이미 제보를 다 날렸더군."

"한데 왜……."

"무시한 거지. 우리한텐 구질구질해 보이니까."

특정 회사에 일감을 몰아주면 그 피해는 기존 하청들에게 전가된다. 멀쩡히 잘 납품하다 갑자기 계약 해지를 당하는 건, 죽으란 소리와 진배없다.

하지만 그에 대한 공정위 평가는 '악의적 제보'.

**공정거래
위원회**

원청이 하청을 바꿔 보복성 제보를 넣은 것이라 나와 있었다.

"큰 걱정은 하지 마. 위에서 의도적으로 덮은 건 아니니까."

"……대체 이런 것까지 어떻게 다 조사한 거야?"

"그 친구가 가져왔어."

갑자기 그 젊은 놈이 감찰부로 보이기 시작했다.

이미 숱한 제보가 들어왔는데 모두 다 덮었다? 악의적 제보가 악의적 유기가 될 수도 있는 문제다.

"구 과장, 우리 진짜 편견 없이 자료만 보자. 국내 시멘트 업체한테도 충분히 납품 받을 수 있는 걸, 무슨 싱가폴 회사한테 받았어. 20%나 웃돈까지 주면서."

"혹시 품질이……."

"개뿔. 시멘트에 무슨 특허가 있나, 건설공법이 들어가나. 샘플 확보해서 대조하면 아무런 차이도 없을걸? 이 팀장은 국내 시멘트 업체가 PL에 납품하고, PL이 포장지만 바꿔서 한명건설에 납품한 것 같다더군."

오 과장은 슬며시 서류를 들이밀었다.

"자네들이 샘플 확보해서 무슨 차이였는지 밝혀 줘. 솔직히 관세청에 전화 한 통만 해도 견적 나오잖아. 싱가폴에서 정말 시멘트 넘어 왔을까?"

"우리가 그거 하면, 자네들이 하청 돌 거야?"

"그래. 어려운 일은 우리가 하지."

다행인 제안이다. 하청들의 원망과 원성을 다 맞아 주겠다니.

"근데 PL이 부회장 소유의 회사라는 건 어떻게 입증할 거야? 딱 보니 일가친척이나 직계가족 쓴 건 아닌 것 같은데."

"우리도 믿을 만한 바지사장이라 생각하고 있어. 리처드 팍. 누군진 몰라도 이름부터가 한국인이잖아."

"한국 사람 같은 거랑, 한국 사람인 거랑 천지 차이다. 이놈한텐 소환장, 영장 아무것도 안 먹힌다."

오 과장의 입이 처음으로 다물어졌다.

맞는 말이다. 어차피 한국에 있지도 않고, 들어오지도 않을 놈한테 영장, 소환장이 무슨 소용 있겠나.

바지사장을 외국 놈으로 세운 것도 이때를 대비한 처사일 것이다.

"바지사장 소환해서 자백 못 받아 내면 사건 길어질 수도 있다."

"그럼 좀 돌아가지. 부회장 놈 소환하고, 영장 치고 할 수 있는 망신 다 줄 거야."

그렇게 불만 지펴 주면 주주들이 알아서 타오를 것이다.

물론 혐의를 다 드러내지 못하면 그 원성이 공정위에 향할 것이고.

"어떻게 할래? 폭탄 스위치는 우리가 누른다. 실패해도 결

공정거래
위원회

과는 우리가 책임져."

"답은 이미 정해져 있는 것 같구먼. 단, 조건이 있다."

"말해."

"우리가 할 일은 부회장이 비자금을 조성했다, 딱 거기까지만 밝혀내는 거야. 그 돈을 어디에 썼는지는 우리 소관 아니다."

"민감한 이름 나오기 전에 손 떼겠단 뜻이군. 그래, 나머지는 검찰에 넘기자."

"피해 입은 하청들 구제하는 것도 못 해."

"걱정 마. 그건 민사로 해결하라 할 거야. 우리야 뭐 과징금만 세게 물리면 그만인 거지."

말은 쉽게 했지만 오 과장은 확실할 수 없었다.

법조계를 꽉 장악하고 있는 것이 바로 한명건설이다. 그가 아는 이준철은 오만 똥물을 다 밝혀내 검찰이 처벌을 안 할 수 없게끔 만들 놈이다.

"그 약속 꼭 지켜."

구 과장은 재차 확인한 후 서류를 들었다.

☯

조사가 결정되고 난 후.

종합국과 경쟁국의 태스크포스가 즉각 꾸려졌다. 각자 맡은 업무에 따라 종합국은 피해 입은 하청들을 조사했고, 정책국은 PL이란 회사의 실체를 파악하는 데 주력했다.

외국계 회사에, 외국 놈 대표라 꽤 오랜 시일이 필요한 일이었다.

"과장님, 이거 보고서가 굉장히 디테일한데요?"

"그 친구가 올린 보고서가 다 들어맞았습니다."

하지만 정책국 사람들은 조사 사흘 만에 혀를 내둘렀다.

"PL은 시멘트 업체가 아니라 중개 업소예요. 한국 시멘트 회사가 PL에 납품하고, PL이 웃돈 받아서 한명건설에 납품하는 겁니다."

"그럼 PL이랑 국내 업체 제품이랑 똑같다는 거야?"

"네. 포장지만 바꿔 끼고 그대로 납품한 거죠."

이렇게 허술할 줄이야.

최소한 싱가폴에 생산 공장이라도 있을 줄 알았다. 시멘트 재료에 보강재라도 더 넣어 웃돈 받는 줄 알았다.

하지만 말 그대로 중개업소. 국내 업체에 납품 받아서 포장지만 바꾼 것이다. 최소한의 거짓말도 필요 없다는 한명건설의 위엄일까.

"혹시 그 친구 내부자 고발 받은 거 아닙니까?"

"이 팀장이 처음 제출한 보고서랑, 현재 저희가 추가적으로 알아낸 자료랑 별반 차이 없습니다."

"이 자료 그대로 검찰에 주면 영장도 바로 나올 것 같습니

공정거래
위원회

다."

구 과장은 긴 상념에 잠기다 입을 열었다.

"혹시 비자금이 어디로 갔는지도 파악했나?"

"그건 못 했습니다. 검찰에 기소하고, 리처드 팍인지 뭔지도 소환해 봐야 아는 문제라……."

"어찌 됐건 기소는 해야 한단 소리군."

"네. 근데 한명건설 수주 자료를 보면 수상한 자료가 좀 많습니다."

"그 얘긴 나중에 다시 하자. 기소만 쳐도 기자들 들러붙을 거야."

구 과장은 팀장들을 모두 내보낸 뒤 인터폰을 들었다.

"종합국 이준철 팀장 연결해 줘. 아니, 그냥 내 방으로 올라오라 그래."

수화기를 내려놓자 무수한 가능성들이 머릿속을 스쳐 갔다.

리처드 팍은 대체 누굴까. 로비스트일까? 아님 그냥 바지사장일까? 어떤 정당에 얼마만큼의 돈을 가져다 바쳤는지도 문제다.

하지만 그중에서도 가장 의아한 건 바로 첫 보고서의 디테일이다.

팀장들이 입을 모아 말하듯 내부자가 아니면 알 수가 없는 정보들. 딱히 관련 경험도 없는, 신입 팀장이 해낸 일이라곤 믿기지가 않았다.

"안녕하십니까, 과장님."

어린 놈 얼굴을 보는데 황당함만 느껴졌다.

"다른 팀장들한테 얘기는 다 들었지?"

"네."

"먼저 묻자. 자네 이거 혹시 정보원 있나?"

"무슨 말씀인지……."

"PL제품이 국내 시멘트 업체에서 납품 받았단 건 어떻게 알았지? 자세한 범행 정황은 내부자 아님 알 수 없는데."

준철은 난감한 얼굴을 보였다.

"그냥 그래 보였습니다. 소 뒷걸음질로 쥐 잡은 격이죠."

"오 과장 말이 사실이군. 그렇게 잡은 쥐가 한 트럭이라고?"

중요한 얘기는 아니라 구 과장의 추궁도 그쯤에서 멈췄다.

"그 좋은 직감을 한 번만 더 써 봐. 리처드 팍이 누굴까?"

"최영석 부회장의 믿을 만한……."

"뻔한 얘기 그만하고. 자료 세탁한 솜씨가 훌륭하더만, 얘 변호산가?"

리처드 팍, 한국계 미국인 변호사. 건설업계 인수합병 전문가다.

특히나 적대적 인수합병 전문가인 그는 헐값에 건설사를 인수하는 부회장의 취미와도 맞아 가깝게 지냈던 인물이다.

"아무리 뒤져도 안 나와. 그놈이랑 부회장이랑 혈연관계는 아닐 것 같아서."

"예. 미국인 변호사 같습니다."

"혹시 PL에 대해 더 아는 바 있나?"

"모르겠습니다."

이 말만큼은 진심이다.

유령 회사를 세우고 일감을 몰아줬지만 김성균이 한 일은, 하청들한테 물량 줄이면서 욕받이 하는 게 전부였다.

그 과정에서 돈을 어떻게 세탁했는지, 그리고 그 비자금이 누구에게 흘러갔는지는 부회장도 얘길 꺼내지 않았다.

구 과장은 슬쩍 눈치를 보다 운을 뗐다.

"그럼 마지막으로 하나만 더. 부회장이 비자금을 만들었는데, 아무리 봐도 이게 한국으로 들어온 것 같거든? 차명 계좌도 몇 건 적발했고."

해외에서 돈세탁하고 국내로 들여오는 건 당연한 일이다.

"근데 그 돈 중에 정치인들 기름칠한 돈도 있을 거 같다. 혹시 아는 거 있나?"

"아무래도 건설업과 관련한 공공 기관들이지 않을까요?"

"토지 공사나 지방 시청 말고. 진짜 거물급 말이야."

"거물급은 저도 잘 모르겠습니다."

휘유– 구 과장은 짧게 한숨을 내쉬며 물었다.

"하청사들 동향은 어때?"

"저희들한테 적개심이 많아 협조 요청하는 데 애를 많이 먹었습니다. 내일이 첫 면담입니다."

"옌장. 그래도 협조는 해?"

"한명건설과 아직 거래 트고 있는 하청들한텐 거절당했죠. 대부분 다 연 끊어진 하청사들입니다."

구 과장이 짧게 한숨 쉬었다.

그들은 한명건설에도 감정이 좋지 않지만, 공정위에도 딱히 감정이 좋지 않을 것이다.

"그…… 살살 좀 달래서 얘기해 봐."

"염려 마십쇼. 이번 사건 잘 해결해서 적당한 배상 받을 수 있게 조치하겠습니다."

"좋아. 잘 부탁하네."

과장실에서 나온 준철은 이마를 짚으며 한숨을 쉬었다.

사실 오 과장이 자청하지 않았다면 하청들 상대하는 건 무조건 피했을 것이다. 그들의 억울한 호소와 절규를 단칼에 끊은 게 김성균 아닌가.

아마 만나면 다 아는 얼굴들이겠지.

다시 태어난 이후 피해자들에게 사죄하는 첫 자리인 것 같다.

외국계 회사는 꼬리를 감추기 쉬웠고, 어느 때보다 보안이 생명인 조사가 됐다.

공정위는 숨소리를 죽여 가며 PL의 실체를 파악했다.

입단속을 철저히 한 만큼 언론엔 기사 한 줄 나가지 않았지만, 한명건설의 정보통은 피해 갈 수 없었다.

"부회장님…… 단순한 회계 내역 감사가 아닌 것 같습니다."

홍 사장이 구속되며 이미 내부 분위기가 뒤숭숭하던 터였다.

임원들이 초조한 눈빛을 보내자 부회장이 입을 열었다.

"시멘트 하청사들을 전부 다 모았다고?"

"예. PL시멘트를 의심하고 있는 것 같습니다."

"어디까지 알아낸 것 같아?"

"공정위에서 제품 대조까지 해 본 모양입니다. 싱가폴 당국에 연락해 생산 공장도 없다는 걸 확인했습니다."

머리가 아찔해졌다.

PL의 물량은 다른 하청사들이 납품한 시멘트들이다. 포장지만 갈아 끼웠다는 것도 적발됐으며, 이걸 한명건설이 웃돈 주고 샀다는 것도 파악된 것이다.

"갑자기 이걸 왜 한다는 거야?"

"지난 대한전력 사건으로 압수한 자료 중에 수상한 자료를 발견했다고 합니다."

"이것들이 상도도 없나. 그걸 가지고 별건 사건을 쳐?"

"아무래도 부회장님께서 직접 처벌을 받지 않으니 다른 사건까지 거론하는 것 같습니다."

보고자가 말끝을 흐리자, 임원 하나가 기다렸다는 듯 말했다.

"부회장님 이건 저희로서도 손쓸 도리가 없습니다. 명백한 비자금 정황이니⋯⋯."

"김 이사, 누가 너더러 총대 메래? 나 자네들한테 책임지라고 할 생각 없어. 이제 됐나?"

부회장이 격분했지만 임원들은 안도의 한숨을 쉬었다.

오늘은 제2의 홍 사장을 선발하는 자리라 생각했는데, 그건 아닌가 보다.

"하청들은 얼마나 모였지?"

"저희랑 연이 끊어진 놈들은 전부 모였습니다. 아마 저희에 대한 앙금이 깊어 조사에 적극 협조하지 않을까 합니다."

부회장도 차마 그들을 설득해 보란 말이 나오지 않았다.

하청사들이 자택까지 찾아와 살려 달라고 빌었던 게 한두 번이 아니다. 부회장은 예외 없이 그들의 절규를 외면했고, 이젠 그 대가를 치러야 할 때다.

"김 이사, 그것들 다시 찾아가서 말해. 조용히만 있어 주면 다시 거래 트겠다고."

"⋯⋯예?"

"돈을 줘서라도 입 막아. 업체 부도났으면 우리가 다 변제해 준다고 해."

무식하고 뻔뻔하지만 효과는 가장 좋은 방법이다. 어차피 한 푼이 아쉬운 그들이니.

"그것도 안 되면 시간이라도 벌어. 두 달만 버텨 주면 변호사들이 이거 그럴듯한 회사로 만들어 줄 거야."

아주 완벽한 변명은 못 해도, 증거불충분으로 기각은 받아 낼 만하다.

부회장은 일방적으로 통보한 후, 회의를 헤쳤다.

쾅, 쾅, 쾅!

한동안 회의실에선 골프채 휘두르는 소리만 들렸다.

꩜

한자리에 모인 하청사 중엔 아는 얼굴이 더 많았다.

바짓가랑이를 붙잡으며 살려 달라 애원했던 사람들…….

죄책감이 머리를 찔렀다.

부회장 대신한 일이라지만 어찌 됐건 그들을 매몰차게 걷어찬 건 김성균이다.

"안녕하십니까. 공정위 이준철 팀장……."

"서로 인사치레 됐습니다. 우린 왜 부른 겁니까."

이들은 딱히 공정위에게도 호의적이지 않았다.

"먼저 죄송하단 말씀드리고 싶습니다. 여러 번 제보를 보내 주셨는데 저희가 부족해 이제야 조사하게 됐습니다."

"부족한 게 아니라 덮은 거겠지."

"당신들한테 우린 그냥 불만 많은 악성 제보자잖아!"

이들도 정관계 인사를 꽉 쥐고 있는 한명그룹의 로비 실력을 안다.

억울할 것이다. 하루아침에 터전을 잃었는데 이를 바로 잡아야 할 공무원들은 눈감기 바빴으니.

"다들 그만."

모두들 격앙된 반응을 보일 때 침착함을 유지하는 사내도 있었다.

"일단 얘기는 들어 봅시다. 그래도 우리 도와주시러 온 분들 아니오."

"도와줘? 이미 내 회사는 부도 났고, 난 애 엄마랑 이혼까지 했는데 뭘 도와줘?"

"그게 공정위 책임은 아니잖아요."

"누가 봐도 공정위 책임이야! 한명건설이 일감 몰아주기 한다, PL시멘트는 우리가 납품한 물품에서 포장지만 바꿔 판다. 이거 내가 다 제보서에 밝힌 내용이라고."

"그래서 지나간 일 계속 붙잡고 늘어질 겁니까. 한명건설 처벌할 수 있는 마지막 기횐데 놓칠 거예요?"

마루시멘트의 도형석 사장.

과거 부회장의 자택까지 찾아가 한 번만 봐달라고 읍소했던 인물이다. 3년 만에 일감이 90%나 줄며 거의 부도 수순에 들어간 것으로 알고 있다.

그런 자에게 변호를 받으니 준철도 낯이 뜨거웠다.

"그건 도 사장님 말이 맞아. 최대한 이성적으로 판단해야지."

"도울 건 돕고, 따질 건 따집시다. 지금은 도울 땝니다."

분위기가 진정되자 겨우 본론을 꺼낼 수 있었다.

"하실 말씀 있으면 말씀해 주십쇼. 경청하겠습니다."

"나부터 말하겠습니다! 우린 한명건설한테 10년이나 시멘트를 납품했고, 생산 설비도 늘렸어요. 근데 어느 날 갑자기 물량을 줄인대요. 나중에 들어 보니 무슨 업계에서 들어 보지도 못한 곳이랑 한명건설이 거래 텄답디다."

"우리도 비슷했어. 아니, 내가 알 만한 경쟁사한테 밀려서 물량 줄었으면 억울하지도 않아. 듣도 보도 못한 놈한테 일감이 가는데 눈 안 뒤집어집니까?"

"그게 PL입니다!"

그들은 치를 떨며 말했다.

"나중에 알고 보니 PL이 납품했다는 상품, 우리 제품에 포장지만 바꿔 납품했어. 그것도 천하의 한명건설한테 웃돈까지 받았더만."

분기탱천한 마음이 가시지 않는다.

한명건설은 늘 하청사들을 집합시켜 단가를 한 푼이라도 더 깎아 보려고 덤비던 놈들이다. 그랬던 놈들이 유난히 PL 한테만 관대했다.

"그에 대한 증거 자료 가지고 계십니까?"

"한명건설이 바보도 아니고 그렇게 단순하게 넘기진 않았지. 뭐 업체들 여러 개 껴서 꽈배기처럼 꼬더만."

"일단 주십쇼. 저희가 검토해 보겠습니다."

그들은 거래 날짜와 물품 인수인계 시점이 담긴 증거 자료들을 모조리 주었다.

"근데 이거 드린다고 되는 겁니까? 한명건설에 차고 넘치는 게 변호사일 텐데."

"그놈들은 지저분한 흔적들 지우는 게 일 아니오."

"우리가 이렇게 넘긴 정보, 다 과대망상으로 매도할 것 같은데."

준철은 고개를 저었다.

"아니요. 이미 제품 대조 끝났습니다. 여기 계신 하청사들 물품과 다 일치하더군요."

"뭐, 뭐예요? 진짜?"

"네. 저희 사실 이미 많은 걸 준비하고 오늘 찾아뵌 겁니다. 검찰에 기소되면 곧 언론에도 떠들썩하게 날 겁니다."

생각해 보면 뻔했다.

이걸 지금까지 당국이 모르고 있었단 게 바보 같은 일이지.

"아니, 이게 어떻게 일사천리로 돼?"

"제보 자료 보다가 저희 말 믿어 주기로 한 겁니까?"

피식 웃음이 난다.

그걸 설계한 게 김성균 본인이었으니 말이다.

"네. 실력 좋은 팀장님께서 껍데기만 갈았다는 거 알아채고 조사 진행한 겁니다."

"하……. 허탈하네. 그 사람 없었으면 영영 못 밝혀졌던 겁니까?"

"언제든 임자 만나서 다 드러났을 겁니다. 하지만 아직 드러나지 않은 얘기도 있어요."

모든 이목이 준철에게 쏠렸다.

"리처드 박. PL시멘트의 바지사장을 소환해야 하거든요."

"그건 왜?"

"이 사람이 부회장의 회사였단 걸 자백해 줘야 상황이 가장 빨리 끝납니다."

"아니, 그럼 빨리 잡아들여 주세요."

"이름 들으면 알다시피 미국인입니다. 회사 국적은 싱가폴이고."

한탄이 나왔다. 결국 한국 법의 영향력이 미치지 않는 곳이란 뜻이다.

"그럼 이거 글렀네."

"아니요. 그래도 여러분들의 증언이 있으면 풀릴 수도 있어요."

"그건 무슨 말입니까?"

"한명건설의 시나리오는 이겁니다. 문제 생기면 바로 바지 사장 잠수시키고, 영원히 발뺌하기. 말씀대로 실력 좋은 변호사들은 이런 거 무죄 만드는 거 선수죠."

결정적인 증거 딱 하나 못 찾게 만들어서 증거불충분으로 기각시킬 수도 있다.

"하지만 법원도 공통된 진술이 계속되면 증거로 인정을 해 주거든요."

준철이 서류를 내밀었다.

"한명건설이 기소되면 법정에서 일관된 진술을 계속해 주세요."

"우리 억울함을 말하면 된다고?"

"네. 그거면 됩니다."

대체 무슨 꿍꿍이일까.

속내를 알 수 없었지만 하청 사장들 입장에선 거절할 이유가 없었다.

❦

하청사들의 전폭적인 협조하에 PL의 실체가 조금씩 드러나기 시작했다. 하청사가 PL 해외 계좌에 직접 입금한 정황도 잡혔고, 거기엔 공정위가 놓치던 부분도 있었다.

"이거 대체 얼마나 세탁한 거야?"

공정거래
위원회

"해외 계좌가 이렇게 많아?"

범죄 수익금을 계산하던 팀장들은 혀를 내둘렀다. 파면 팔수록 불명의 해외 계좌가 발견되었기 때문이다.

10원 한 장 놓치지 말라는 구 과장 때문에 팀장들은 밤잠까지 설쳐 가며 일해야 했다.

그렇게 총 비자금 액수가 정리됐을 때. 다들 다크서클 짙은 얼굴로 회의에 참석했다.

"3년 동안 1,200억. 이게 진짜 끝인가?"

"예, 맞습니다. 더 나올지도 모르지만 당장에 보이는 건 이 돈입니다."

회의실엔 히터 돌아가는 소리만 들렸다.

구 과장은 잠시 고민하더니 고개를 돌렸다.

"1천억대 비자금은 재벌한테도 적은 돈이 아닌데, 다들 어떻게 생각해?"

모두들 침묵을 지키자 구 과장이 재촉했다.

"허심탄회하게 말해. 어차피 다 아는 문제 같으니."

"아무래도 정치권 로비에 쓰인 것 같습니다. 한명건설 수주 자료를 보면 60년 동안 그린벨트로 묶여 있던 곳이 갑자기 해제되고 아파트 입찰을 따낸 이력이 있더군요."

"수해 복구 사업 같은 경우 수의 계약을 통해 따낸 공사도 많았습니다."

수의 계약은 경쟁을 통하지 않고 지자체가 사업권을 주는 것을 뜻한다.

당연히 논란이 많을 수밖에 없는 문제인데, 이런 방식의 공사가 한두 건이 아니다.

"만약 한다면 주택 공사의 입찰 자료도 봐야 할 것 같습니다."

그런 놈들이 다른 경쟁이라곤 정당하게 했을까.

타 건설사가 월등히 더 높은 조건을 제시했는데, 한명건설이 따낸 공사가 있다면 거기서도 청탁을 의심해 볼 법하다.

"좋아. 근데 리처드 팍은 누구냐?"

"예. 그 사람 조사 끝났습니다. 미국계 한국인 변호사더군요. M&A 전문이고 회계 자료에 능합니다."

"당연히 한국에 없겠지?"

"아마 그럴 것 같습니다."

곳곳에서 혀 차는 소리가 들렸다.

한명건설의 시나리오는 명백하다. 바지 사장 무조건 잠수시키고 아니라고 발뺌할 것이다. 만약 최영석의 혈연이 세운 회사라면 정황상 특수 계열사가 성립되는데, 이건 그것도 벗어나 있다.

"결국 놈들한테 자백을 권유해 볼 수밖에 없겠군."

"네. 저희도 지금 상황에서 결정적인 게 없습니다."

당연히 먹히지 않을 거다.

"일단 최영석이한테 소환장 날려."

공정거래
위원회

서초구에서 하숙 생활하는 기자들은 법원 분위기가 심상찮다는 걸 직감했다.

"공정위랑 검찰이 또 만나고 다녀?"

"국장급 이상 미팅이면 뭐 있는 거 아니야?"

사실 공정위는 뻔질나도록 검찰에 들락거린다.

기소, 압수수색, 영장 등은 검찰의 협조 없이 이뤄질 수 없는 일이다.

하지만 공정위 국장과 서울지검장이 만났다는 건 흔한 광경이 아니었다.

"우리가 너무 큰 의미를 부여하나. 대한전력 건 때문에 만나는 거일 수도 있잖아."

"맞아. 공정위가 최영석 부회장 처벌 못 해서 이를 갈고 있으니까."

"아니야. 대한전력은 종합국에서 맡았고, 저 사람은 경쟁국장이야."

"그럼 다른 사건이야?"

처음부터 오래갈 수가 없는 비밀이다.

현 사건에 대해 알고 있는 사람이 너무 많았으니까.

기자들은 검찰과 공정위를 수없이 들락거리는 하청 사장들을 따라다녔다.

집단 지성의 힘은 무시웠다.

기자들이 서로 주워들었던 사실을 한데 모아 보니 사건의 윤곽이 잡혔다. 공정위가 조사하는 범죄가 일감 몰아주기이며, 최영석 부회장의 비자금이 최종 타깃이란 게 확인된 것이다.

"이제 더 이상 기자들 못 따돌립니다."

서울지검장 오윤택은 한숨을 내쉬며 말했다.

"우리만 입조심한다고 되는 게 아니네요. 기자들이 하청 사장들까지 따라다녔습니다. 그들도 대충 다 말한 것 같군요."

"네. 하청 사장들이야 기사를 터트리고 싶겠죠."

"눈치 빠른 기자들은 이미 PL의 실체까지 파악했을 겁니다."

"우리가 기소하면 곧 특종이 터지겠군요."

회의실엔 초침 돌아가는 소리만 들렸다.

어색한 침묵을 이기고 지검장이 먼저 입을 열었다.

"국장님, 오늘은 좀 허심탄회하게 말씀드려 볼까 합니다. 주신 자료 보면 PL은 부회장의 비자금 창구가 확실해 보입니다. 문제는 그 비자금을 어디에 썼느냐 하는 건데…… 혹시 원정 도박이나 부회장의 내연녀 같은 흔적이 있었는지요."

"그렇게 귀여운 이유에 1,200억이 필요하진 않죠."

쿵ㅡ.

"혹시 민감한 이름이 있었습니까?"

"아직 단정할 순 없지만, 서울시에서 그린벨트 두 곳을 해

제했는데 이 아파트를 한명이 따냈더군요. 40년 동안 인허가가 이뤄지지 않았던 강남구 재개발도 따냈고요. 수해 복구 사업도 있었는데 수의 계약으로 한명이 따갔습니다."

"정치권으로 돈이 흘러갔단 말씀이시군요."

"여의도 로비가 아니면 이 큰돈도 필요 없을 겁니다."

서울지검장도 건설 업계의 생리를 잘 알았다.

그 큰 비자금을 마련했는데 여의도로 흘러가지 않았다는 건 말이 안 된다.

공공기관 고위직들이 거론될 것이며, 거물급 국회의원들도 등장할 것이다. 어쩌면 엘시티 파문 이후 최고의 부동산 스캔들이 될지도 모른다.

"후우…… 어렵군요."

당연히 진행시켜야 할 수사이지만 지검장은 주저했다.

국장도 그 고민을 십분 이해할 수 있었다.

공정위는 일감 몰아주기와 비자금만 밝혀내면 되지만, 검찰은 그 비자금을 어디에 썼는지까지 추적해야 한다.

"지검장님, 너무 부담스러우면 적당히 눈속임하며 진행해 보시죠."

"무슨 방법이 있습니까?"

"저희 쪽에서 원정 도박과 내연녀 의혹 터트리겠습니다. 사실 PL의 자금 내역 조사해 봤는데, 실제로 그중엔 내연녀와 해외 부동산 투자에 쓴 돈도 있습니다."

침소봉대.

작은 일을 큰일로 만드는 것쯤이야 일도 아니다.

"언론엔 그 자료를 흘리겠다는 겁니까?"

"네. 대중의 관심은 어차피 그쪽으로 쏠릴 수밖에 없습니다. 훨씬 더 자극적인 내용이니 말이죠."

"음....... 그건 좀 재밌는 얘기 같군요. 겉으로는 개인 비자금 수사인 척하면서 우리끼리 본수사 하자는 말씀이시죠?"

"네. 그럼 정치권의 경계도 덜 받을 겁니다."

벌써부터 한명건설과 의원의 유착 관계가 나오면 사건이 피곤해진다.

천하의 한명건설이 외줄만 탔겠나. 양당 의원들이 사이좋게 걸려들 것이며 여의도의 거센 반발에 직면할 것이다.

그렇게 해서 수사가 잘 풀린다면 다행.

소득 없이 끝나면 국민들의 질타와 더불어 국회의 지독한 보복이 시작된다.

"좋은 방안 같군요. 대중의 관심이 부담인 건 사실이니."

지검장은 한결 밝아진 얼굴로 서류를 건넸다.

"최영석 부회장. 소환 한번 합시다."

[한명건설, 일감 몰아주기 의혹으로 고발]

공정거래
위원회

[해외 법인에 상당한 일감 몰아준 것으로 밝혀져]

[국내 시멘트에 포장지만 바꿔 팔았나?]

[비자금 약 1,200억대로 알려져]

검찰의 영장 발표 이후, 기사들이 기다렸다는 듯 쏟아졌
다.

PL시멘트가 어떤 곳이며 지금까지 얼마의 돈이 흘러갔는
지 모두 파악된 것이다.

한두 푼 흘러간 게 아니었기에 엄청난 파장이 일었고, 소
환 조사만으로도 유죄 선고라도 되는 양 언론이 달아올랐다.

[검찰, 해외 부동산 및 원정 도박 혐의]

[내연녀의 회사? 돈의 행방은?]

검찰은 약속한 대로 조미료를 쳤다.

건설 유착 대신 부회장의 내연녀와 원정 도박 혐의가 기사
의 주를 이뤘다.

부회장의 은밀한 사생활이 계속 폭로되었고, 정점에 이를
즈음 검찰이 소환장을 날렸다.

"을지로펌 박상현이라고 합니다."

하지만 놈들은 꿈쩍도 안 하나 보다.

최영석 부회장 대신 온 변호사를 보며 준철이 기분 나쁜

티를 냈다.

"명함은 됐습니다. 우린 분명 최영석 부회장을 소환했는데, 왜 변호사님이 오셨습니까."

"바꿀 수 없는 해외 일정이 있어 지금 한국에 안 계십니다. 꽤 중요한 바이어라서."

"자칫하면 콩밥 드실 수도 있는데, 그것보다 더 중요한 일입니까?"

슬쩍 긁어 봤는데 변호사의 얼굴엔 웃음만 가득했다.

"팀장님, 살살 하십쇼. 언론에 천억이네 2천억이네 하는 소리 나가지만, 그거 다 과장해서 우리 망신 주려는 거 압니다."

"우리가 과장을 했다고요?"

"PL은 부회장님의 회사가 아닙니다. 리처드 팍이라는 혈연 관계도 아닌 타인이 세운 회사지. 이 회사와 우린 아무런 연관이 없습니다."

대한민국 10대 로펌이라 그런가.

사소한 것 하나도 그냥 인정하는 법이 없다.

"문제가 되는 부분은 우리가 왜 PL한테 웃돈 주고 샀느냐 이거지요? 그냥 그럴 만한 성능의 시멘트라 단가 많이 쳐줬던 겁니다."

툭―.

"성분 대조해 보니, 국내 시멘트 업체 제품이랑 똑같던데."

"예?"

"국내 업체들한테 납품받고 포장지만 PL로 바꿔 팔았죠? 그 포장지 한번 비쌉디다. 똑같은 성분인데 가격만 20% 높아지다니."

놈의 얼굴이 굳었다.

바보 같은 놈들. 여기까지 파악했다는 걸 모르고 있었구나.

"그럼 당연히 왜 20%나 높게 샀었나를 추궁할 수밖에 없겠죠? 한명건설은 다른 하청들한텐 단가를 무자비하게 깎은 사람들이니까."

"하고 싶은 말이 뭐요?"

"부당 계열사 세웠다는 거, 일감 몰아줬다는 거. 두 가지 인정하세요. 최 부회장이 검찰에 직접 출두해서 자기 입으로."

변호사가 한숨을 내쉬었다.

말이 안 되는 일이다.

그걸 인정하면 당연히 그 돈을 어디에 썼느냐가 도마에 오를 것이다.

"이거 참 난감하군요. 한 적도 없는 일인데 하라고 하시니. 그럼 이 PL의 대표는 만나 보셨습니까? 리처드 팍이라는 분."

"못 만나 봤죠. 그자가 어디 있는지도 모르니."

"허허, 당사자의 자백도 없이 무작정 몰아가기라. 법조인으로서 이런 유도신문은 사양합니다."

"그럼 설명해 보세요. 천하의 한명건설이 왜 PL한테는 호구 잡혔습니까."

"우리도 당했어요. PL이 그런 업체인지 몰랐습니다."

"그게 말이 돼요?"

"그럼 공정위의 이런 태도는 말이 됩니까. 이렇게 자신 있게 조사할 거면 리처드 팍 소환해서 자백 받아 내세요. 부회장 심복이라고."

리처드 팍은 거의 잡을 수 없다.

이럴 때를 대비해 미국인 사장으로 만들었을 테니 말이다. 이미 잠수 탄 지 오래일 것이며 공정위가 소환장을 날릴 수도 없다.

미 연방거래위원회와 수많은 업무 협조를 해야 하지만 거기엔 수많은 난관이 필요하다.

그자가 미국에 있단 것도 미지수인 것이고.

"결국 증거 더 가져와 봐라 이 말씀이시군."

대화는 끝났다. 이제는 말도 안 되는 정황을 미친 듯이 우겨 댈 것이다.

"근데 그거 압니까. 우린 그 비자금이 여의도로 흘러갔단 정황도 가지고 있거든요."

"그게 무슨……."

"한명건설 참 공사 잘 따던 업체더군요. 이거 다 드러나면 볼만할 겁니다."

"놈들이 공사 입찰 내역을 다 뒤질 모양입니다."

박 변호사는 검찰에서 있었던 모든 내용을 설명했다.

부회장의 얼굴은 형용하기 힘들 정도로 일그러졌다.

"얼마나 아는 것 같아?"

"콕 집어서 그린벨트랑, 재개발을 운운하더군요. 이 두 가지만 털어도 민감한 이름 다 나올 겁니다."

서울시 그린벨트 두 곳.

강남과의 접근성 좋고 수변 시설이 화려해 모든 건설사가 눈독 들이는 임야였다.

한발 빠른 한명건설은 서울 시장과 토지공사 고위직까지 모두 포섭해 아파트 계약 두 곳을 따냈다.

세간에서 유네스코 유산이냐 소리가 나왔던 강남 아파트도 한명건설의 로비 덕분에 일사천리로 인허가가 이뤄졌다. 여기에 관여된 인물이 한둘 아니다.

"그럼 이제 그 사람들이 날 도와줄 때군."

"도움을 요청하실 겁니까?"

"밥값 해야지. 나한테 받아먹은 돈이 얼만데."

"부회장님, 지금 상황에서 도움을 요청하는 건 득보다 실이 큽니다."

이제 와 바짓가랑이를 붙잡으면, 한명건설이 주는 돈은 안전하단 믿음이 완전히 깨져 버린다.

"그럼 나더러 혼자 뒤집어써라?"

"차라리 그게 낫습니다. 지금 뉴스에서 원정 도박과 내연녀 문제가 도마에 오르고 있습니다. 대중도 관심은 그쪽으로 더 쏠렸고요."

"저도 같은 생각입니다. 그룹 오너가 비자금 한번 조성했던 걸로 끝내는 게 좋을 것 같습니다."

단위가 크지만 어차피 재벌 사람들에겐 집행유예가 최고형이다.

비서실장까지 만류하자 부회장도 고집을 꺾었다.

"2차 소환은 언제지?"

"다음 주입니다. 아무래도 그땐 부회장님께서 직접 가셔야 할 것 같습니다."

"당연히 구속영장도 신청하겠지?"

"리처드 팍을 수배 중인 모양인데, 아직 못 찾은 것 같군요. 뜻대로 안 풀리면 영장 신청할 수도 있습니다."

부회장의 수심이 깊어졌다.

이제 곧 회장 자리가 코앞인데, 여기서 구속 수사라니……. 억울했다.

그렇게 마련한 비자금은 결국 국회의원들한테 쓰고 한명

건설에게 이로운 방향으로 공사를 따오지 않았나.

착잡한 얼굴을 지우며 손짓을 했다.

"수고했네, 박 변호사. 나가 봐."

그가 나가자 바로 비서실장이 다가왔다.

질 끝판왕 사망

사망

한명그룹
김성균 본부장

당사자 나와

"리처드 팍은 어디 있지?"

"동남아 안가에 거처를 옮겨 뒀습니다. 자진해서 나오지 않는 한 절대 못 찾을 겁니다."

PL컴퍼니의 바지 사장 리처드 팍.

만약 놈이 당국에 잡혀 버리면 모든 상황이 끝난다. 당사자의 자백만 나오면 부회장이 세운 허위 계열사라는 게 들키지 않나.

그룹 임원들과 달리 충심도 없고, 돈 몇 푼이 아쉽지도 않은 놈이다.

공정위가 정상참작 얘기만 꺼내도 술술 불 것이다.

"부회장님, 너무 염려 마십쇼. 어차피 리처드 팍은 못 찾습니다.”

걱정을 읽은 김 실장이 재차 위로했다.

“김 실장은 어떻게 봐. 이거 가망 있어 보여?”

“……설사 비리가 드러난다 해도 집행유예로 끝날 겁니다.”

“가망 없단 뜻이군.”

김명호 실장은 쓴침을 삼켰다.

지금은 나약한 소리를 할 상황이 아니다.

이제 와 뒷돈 받은 공무원들 찾아가는 건 상황을 더 최악으로 만드는 일이다.

“설사 들킨다 해도 집행유예 아닙니까. 돈 뿌렸던 사람들 찾아가는 건 재고하시죠.”

“김 실장, 내가 지금 집유가 무서워서 이래? 주가 공시 뜨자마자 차남 승계, 삼남 승계 나오고 있어. 내가 이 자리 차지하려고 무슨 일까지 했는데.”

부회장이 가장 신경 쓰이는 건 검찰도 공정위도 아닌 바로 주주들의 민심이었다.

둘째와 셋째는 욕심도 많아 늘 이 자리를 호시탐탐 노리고 있는 중이다. 여론이 괜찮다 싶으면 한명건설 자리를 놓고 왕좌의 게임이 시작될 것이다.

“그놈들한테 건설이 넘어가는 건 절대 용납 못 해.”

“그래도 주주들은 부회장님에 대한 신망이 큽니다. 방만 경영 때려잡는다고 회사 이익도 높았고, 이 비리도 결국 회사를 위해 로비를 펼친 겁니다."

"처벌당하면 얘기가 또 다르지."

"주주들은 도덕적인 사람 안 좋아합니다. 어떻게든 회사 키워 줄 사람 원하지."

김 실장의 설득에 조금은 위안을 얻은 부회장이다.

"그래도 내 선택은 못 바꿔. 나한테 돈 받아먹은 놈들, 이제 밥값 해야 하는 거 아니야?"

"그건 그렇지만……."

"결코 나를 위해서 이러는 게 아니야. 공정위 저놈들 지금 내 사생활 자료 슬쩍 흘리면서 여론몰이 하고 있는데, 짙은 구린내가 나. 뒤에선 딴짓거리 하고 있는 게."

그건 부회장의 추측이 맞았다.

김명호 실장은 고집을 꺾을 수 없으리라 단념했다.

"알겠습니다. 그럼 서울 시장부터 연락하죠."

❧

고급 일식집에서 만난 최선호 서울 시장은 언짢은 기색이 고스란히 드러났다.

"이렇게 보는 건 좀 조심해야 할 때 아닌가."

차갑게 쏘아 대는 말투에 씁쓸함이 들었다.

돈 받아 갈 땐 동거동락 하자더니 이제 와 선을 긋는다.

"시장님, 제가 급한 일이 있어 연락을 드렸습니다. 저 좀 도와주십쇼."

"자네도 알다시피 내 코가 석자야. 언론에서 계속 그 얘기 나와서 나도 감사원에 불려 가야 하겠다고."

"어차피 다 지나갈 일 아닙니까."

"뭔 말인진 알지만 내 손으론 못 덮어. 할 수 있는 능력도 없고."

최 시장은 술잔을 멀찌감치 치웠다.

"이 정도는 수습하실 수 있을 텐데요. 당에 부탁해서 공정위 한번 막아 주십쇼. 청와대 전화 한 통이면 됩니다."

"이 사람이 어디 그런 말을! 지금 그게 얼마나 위험한 말인지 몰라?"

"아니면 다 밝혀지고 함께 죽든가요."

최 시장은 그린벨트 해제 때 최종 사인을 박은 사람이다. 문화유산 같았던 강남 아파트 재개발도 그의 손에서 이뤄졌다.

비단 그뿐일까.

토지공사, 교통공사 고위직들은 모두 한명건설에게 장학금을 받았다. 터지면 다 함께 죽는 거다.

최 시장은 멀찌감치 제쳐 뒀던 술잔을 벌컥 들이켰다.

"나도 하나만 물음세. 받아먹은 놈들이 대체 얼마나 돼?"

공정거래
위원회

"건설관련 공기관장은 모두 뿌렸습니다. 족히 20명은 넘을 겁니다."

고위직 20명. 다 드러나면 특검이 열릴지도 모른다.

"방도를 알려 주십쇼. 제가 최선을 다해 보겠습니다."

"방도랄 게 없네. 그 사건 맡은 놈이 이준철인가 하는 놈이라고?"

"예. 해서 저희는 그자에게 자리라도 제안을……."

"꿈 깨. 우리도 호되게 당했어. 군납비리 때 한번 들쑤시더니 초토화를 만들어 놨다고."

군납비리 사건은 최영석도 알고 있었다.

양당 의원들이 기 싸움 하느라 미친 듯이 싸우지 않았나.

"그거 쌈 붙인 게 그놈이야."

젠장.

진짜 막 나가는 놈이구나.

"그럼 그놈 말고 그 위엣 놈 찾아가겠습니다. 국장급으로."

"한다고 되겠어?"

"안 하는 것보단 낫습니다. 만약 전부 잘못되면 저의 개인 비자금으로 자폭하겠습니다. 전부 우릴 위한 일이니 모쪼록 도와주십쇼."

최 시장은 탐탁지 않은 눈빛으로 술잔을 다시 채웠다.

하지만 혼자 자폭하겠단 얘기에 결정 내릴 수밖에 없었다.

"안녕하십니까, 한명건설 최영석 부회장입니다."

"종합국 김태석이요."

"참 오해 사기 좋은 시국인데, 이렇게 불쑥 찾아뵈어 죄송합니다."

김태석 국장은 썩은 미소를 지으며 찻잔을 들었다.

"불쑥이라뇨. 온갖 국회의원들한테 전화가 와서 아주 혼났습니다."

"……."

"부회장님을 만나 보지 않았으면 오늘도 시달렸겠지요. 사람이란 염치가 있어야 하는 법인데."

부회장은 미간에 힘을 꾹 주었다.

이 자리까지 올라오며 숱한 수치를 받아 봤지만 오늘만 한 굴욕이 없다.

"그럼 기왕 염치 잃은 거 한 말씀 드리겠습니다. PL시멘트. 일감 몰아주기, 하청사 바꾸기 모두 인정하겠습니다. 그러니 그쯤 해 주시지요."

"그쯤 하라니 무슨 말인지."

"그 비자금을 어디에 썼는지까지 추적하고 있지 않습니까."

"범죄 수익금이 어디에 있는지 추적하는 건 당연한 일입니다만."

"언론에 나간 대로 내연녀에게 줬고, 해외 부동산에 투기도 했습니다. 아시다시피 저희 한명그룹은 아버지 돌아가시면 형제들끼리 경영권 다툼할 수밖에 없는 처지예요. 그때를 대비해서 현금 두둑이 쥐고 있었습니다."

김태석 국장은 희미하게 웃었다.

"우리가 아는 사실과 많이 다르지만 그렇다고 칩시다. 그럼 이건 어찌 설명하실 거요."

쓱–.

"그린벨트 해제, 강남 아파트 재개발, 수해 복구 사업 수의 계약. 이거 전부 다 한명건설이 공짜로 얻어 간 공사네요."

"국장님, 그건 정상적인 경쟁을 통해 따낸 공사들입니다."

"해서 당시 입찰 자료도 입수했습니다. 근데 아무리 검토해도 한명이 타 건설사보다 조건이 좋지 않아요."

툭–.

"한명건설이 산재 사고가 없는 곳도 아니고, 하청을 안 쓰는 곳도 아니고, 그렇다고 공사비가 싼 것도 아니고. 이런 기업에 일감 주는 건 당연히 썸씽이 있지 않았겠습니까."

"대체 무슨 말씀이 하고 싶은 겁니까?"

"다 알고 싶어. 비자금 빼돌려서 어디까지 뒷돈을 넣었지? 여기에 관여된 인물들은 누구야?"

국장의 목소리가 한순간에 바뀌었다.

"그거 알면 당신들 다쳐."

부회장도 더 이상의 발뺌은 의미 없다 생각했다. 깊게 들어가면 다 들킬 수밖에 없는 문제다.

"뭐 알겠지. 우리가 로비 많이 뿌렸다는 거."

"여의도 의원들이 많나?"

"많다 뿐이겠어. 여야 가리지 않고 우리한테 돈 안 받아먹은 금배지 없어. 심화 수사? 이거 계속하다 보면 당신들만 피 볼걸."

김 국장이 피식 웃었다.

"피는 이미 봤어. 뒷돈을 얼마나 뿌려 댔던지 아주 안 오는 전화가 없더만."

"그거 알면 그냥 이제 좋게 말 합시다."

"근데 안 돼. 설사 내가 덮더라도 내 밑에 놈이 절대 안 덮을 거거든."

부회장의 눈빛에 살기가 서렸다.

"이준철 팀장?"

"그래. 그놈은 절대 안 덮어."

"그러니까 국장님께 부탁하는 거 아닙니까. 일감 몰아주기 인정합니다. 과징금이 얼마나 많이 떨어지든 승복합니다. 그러니 내 비자금의 행방과 기소만 막아 주십쇼."

"잘못을 인정한다면 죗값을 받아요. 같은 얘기 계속 반복될 것 같으니 먼저 일어납니다."

**공정거래
위원회**

김 국장이 슬그머니 엉덩이를 들자 부회장이 소리쳤다.

"김 국장님, 언제까지 그렇게 뻣뻣하게 나올 수 있을 것 같습니까?"

"뭐?"

"군납비리 사건 드러내며 여야 여기저기서 적을 많이 졌다지? 좀만 돌아보니 당신 하나 잡겠다고 난리더만."

부회장은 이미 이성을 잃었다.

"정치권이 합심하면 겨우 공정위 국장쯤 하나 못 죽일까. 당신의 재임 자료 모두 털릴 겁니다. 수상한 점이 하나라도 나오면 당신도 무사하지 못해요."

"웃기는군. 이 자리서 협박이라니."

"협박이 아니라 이게 현실이에요. 누구나 다 자기 재임 자료엔 떳떳치 못한 자료가 있어. 난 그게 이거였을 뿐이고."

그가 천천히 고개를 들었다.

"그러니까 한 번 할 때 적당히 넘어가란 거예요. 선을 넘지 말라고."

김 국장도 그 말은 무서웠다.

방금 이 전화만 봐도 그렇다. 절대로 주변에 휘둘리지 않으려 마음먹었는데, 온갖 정치인들이 연줄을 동원해 자신에게 연락해 왔다.

그중엔 살살 봐달라는 부류도 있었지만, 지금처럼 너도 똑같이 당할 것이라 협박하는 사람도 있었다.

김 국장이 주저하자 그가 다시 회유했다.

"우리 쉽게 갑시다. 은퇴 얼마 남지 않으셨는데, 말년에 연금에만 의지하면서 사실 겁니까. 좋은 자리 마련해 놓겠습니다. 성에 안 차시면 없는 자리라도 만들어 극진히 모시겠습니다."

"……."

"여의도에서도 이걸 원하고 있어요. 국장님이 그 꼴통 조사관 한번 막아 주십쇼."

사건 청탁을 대가로 뒷돈을 받는 건 명백한 범죄다.

하지만 은퇴 이후 자리를 약속한다면? 딱히 위법적인 일이 아니며, 범죄라고 할 만한 단서도 찾을 수 없다.

지금까지의 모든 공무원들이 다 이와 같은 방식으로 넘어왔다.

이자도 다르지 않으리라.

긴 침묵이 흐르자 부회장에게도 희망의 빛이 보였다.

하지만 뒤이어 나온 말은 그의 기대를 무참히 부숴 버렸다.

"이런. 내 생각이 진짜 짧았구먼. 이런 제안 해 올 줄 알았다면 녹음기라도 켜 둘 걸 말이야."

"뭐요?"

"정치인과 공공기관 고위직들은 다 이렇게 구워삶은 모양이지? 참 좋은 전략 같다. 재임 자료 협박과 회유라."

공정거래
위원회

김 국장은 미련 없이 자리에서 일어났다.

"내 재임 자료 털 거면 마음대로 하시오. 과잉 조사로 처벌 받았으면 받았지, 사건 축소·은폐했다 소리는 안 나올 거거 든. 법대로 합시다."

ℂ

−일감 몰아주기 의혹이 사실입니까?

−싱가폴에 세운 PL컴퍼니가 본인 소유였습니까?

−국내 업체들 제품에 포장지만 바꿔 팔았다는데요.

최영석 부회장의 출석 당일.

수많은 기자가 몰려들어 마이크를 들이밀었다.

천억대 비자금 조성은 재벌들에게도 흔한 광경이 아니다. 범행 수법은 단순하다 못해 무식할 정도다.

−대체 그 비자금은 왜 마련했습니까?

포장지만 바꿔 납품받았단 사실이 이미 만천하에 드러났 다. 당연히 기자들의 질문도 '비자금을 왜?'로 쏠릴 수밖에 없었다.

−만고의 역적 최영석은 검찰 조사에 성실히 임하라!

−하청의 피눈물 쥐어짜서 일감 몰아준 한명건설!

일찌감치 와 기다리던 하청 사장들은 머리에 빨간 띠를 두르며 확성기를 들었다.

최영석은 그 굴욕을 견디며 차에서 법정까지 묵묵히 걸어 나갔다. 이를 악물고 입을 다물었지만, 그중에선 피할 수 없는 질문도 있었다.

─한 말씀만 해 주십쇼! 비자금 조성해서 여의도에 로비했습니까?

"사실무근입니다……. 검찰 조사에 성실히 임하겠습니다."

🌀

정말로 세월이 약인가.

매일같이 이를 갈며 놈만 생각했다. 놈 대신 했던 더러운 일들, 마지막에 배신, 그리고 희생당한 나와 내 가족.

얼굴을 마주 보면 주먹이 먼저 나갈 것 같았는데, 막상 보니 꼭 그러진 않았다.

"이준철이라고 합니다."

오히려 담담했다.

최영석은 핏기 하나 없는 얼굴로 앉아 있었는데, 동정심이 다 들 지경이었다.

"하청 사장님들이 많이 억울하신 모양이에요. 보통 저 바깥에서 시위해도 취조실까진 안 들리는데."

"……."

"아이고. 일감 몰아주기 공시 나가고 주가가 30%나 빠졌네. 저 기자님들은 본인이 나올 때까지 안 떠날 겁니다."

놈의 눈썹이 꿈틀거렸다.

"그렇게 염장 지른다고 뭐 얻어 가는 게 있겠소?"

"염장이 아니라 협조해 달라 부탁하는 겁니다."

"부탁?"

"본인의 비자금은 다 하청사 임직원들 월급 가로채서 만든 비자금이에요. 자백하시면 정상참작 해 드리겠습니다. 옛정을 봐서라도."

엉뚱한 말을 던지자 놈이 눈살을 찌푸렸다.

못 알아들어도 좋다. 어차피 다 이해시킬 필요도 없는 문제니까.

"어떻게 할까요? 다 아는 얘기실 텐데 다시 확인할까요, 아님 좀 더 진솔한 얘기를 해 볼까요?"

"넘겨짚는 조사 그만하시오. 언론에 제기된 의혹들 모두 사실무근이니까."

그래, 처음부터 다 다시 얘기 꺼내라고 할 줄 알았다.

"저희가 성분 조사표를 보내 드렸는데, 위로는 전달 안 됐나 봅니다? 국내 업체들이 납품한 시멘트를 포장지만 바꿔 끼셨던데."

"그건……."

"PL에서 만든 시멘트는 웃돈까지 줘 가면서 사셨다면서요. 국내 하청들은 가격 후려치기 바쁘더니 이건 왜 이런 겁니까?"

부회장은 말문이 막혔다.

"좋아. 그건 인정하겠어."

"본인이 세운 유령 회사인 거 인정합니까?"

"네. 비자금 마련을 위해 허위 법인 세웠소. 언론에 나간 대로 내연녀와 부동산 투기했지."

놈은 전략을 바꿨다.

기왕 이렇게 된 거 범죄라도 축소하겠단 심산이다.

"알다시피 나는 삼 형제로 태어나 경영권 다툼이 심해요. 내 동생들이 이 자리를 호시탐탐 노리고 있거든. 나중에 이 한명건설을 지키기 위해 현금을 확보해 놓고 싶었습니다."

그는 가증스런 얼굴로 덧붙였다.

"선처를 부탁합니다."

"선처를 정말 바라시는 분은 그렇게 태연자약하게 거짓말 안 합니다."

"거짓말이라니. 지금 나는 공정위가 제기한 의혹들 모두 인정하겠다 하지 않습니까. 내 회사라고요."

"그거 말고 비자금 생성 이유요."

"뭐?"

"아무리 재벌이라도 1천억이 적은 돈은 아니잖아요? 고민해 보니 한 가지밖에 없더군요. 높으신 분들 배에 기름칠해 드리려면 이것도 적을 수 있겠구나."

쾅-!

"이봐. 아무리 내가 처지가 이래도 선은 지켜. 어디서 이상한 의혹이야."

"의혹? 그러기엔 너무 확실한데. 저희 국장님이 그러시더군요. 한명건설 부회장 한번 만나 보라고. 숱한 연락이 왔다고."

"그건……."

"관례적인 일이었단 얘긴 그만둡시다."

툭-.

준철이 서류를 내밀었다.

"나뿐 아니라 지금 국장님도 의심하고 있어요. 이 돈 어디로 로비했습니까?"

부회장은 말 그대로 머리가 까마득해졌다.

당황해서 그런 게 아니다. 받아먹은 놈이 한둘이 아니다.

건설 관련 공무원과 국회의원들은 안 받아먹은 놈들이 없다.

발뺌할 순 없지만 절대로 들켜선 안 되는 일이다.

부회장은 비웃음을 흘렸다.

"어디로 로비를 했냐……. 허허. 뭐 그 정황은 못 찾았나 봅니다. 계속해서 날 추궁하는 걸 보면."

"할 수 있는데 마지막 기회를 드리는 겁니다. 리베이트 명단 불고 깔끔하게 속죄하세요."

"그럼 해 보쇼. 나는 비자금 조성은 했는데, 정치인들한테 돈 뿌린 적 없어. 당국이 밝혀 낸 돈이니 내 사재를 출연해서라도 회사에 도로 가져다 놓겠습니다."

여기에서 재벌의 위엄이 드러났다.

1천억대 횡령은 특가법 대상으로 최소 5년 이하의 징역이다. 하지만 이 돈은 가져다 놓으면 정상참작 되는 범죄다.

들킨 이상 가져다 놓고 차라리 집행유예를 노리는 것이다.

"재판 전략을 좀 바꾸셨나 봐요. 차라리 적당히 인정하고 집행유예를 노리자?"

"젊은 분이 눈치는 빠르네. 맞아요, 그러니 이 무의미한 논쟁 그만합시다."

"최영석 씨, 잘 생각하세요. 우리가 PL 대표 리처드 팍 잡으면 그 돈 어디다 뿌렸는지 다 나와요."

"그럼 잡아서 나랑 대면시켜 주시오."

놈의 목소리에서 느꼈다.

못 잡을 거라고 확신하는구나.

"당신이야말로 그게 내 회사일 거라고 확신하지 마. 하룻강아지 범 무서운 줄 모른다고. 그렇게 천방지축 날뛰면 어떻게 되는지 모르는 모양이군."

부회장은 자리에서 일어났다.

"한번 잘해 보시구려."

"어땠어?"

"비자금 조성은 인정하는데, 여의도와의 관계는 안 불 것 같습니다."

"거참 고집불통이군. 누가 봐도 여의도에 떡값 돌린 돈인데."

"사재 출현해서라도 돈 다시 돌려놓겠다는군요. 아마 재판 전략이 그냥 빨리 인정하고 집유나 받자, 이거 같습니다."

보고를 듣던 오 과장은 끙 앓았다.

전형적인 꼬리 자르기다. 모든 범죄를 다 수긍했는데, 그 돈을 어디다 뿌렸는지 캐물으니 감쪽같이 속인다.

"결국 안 들키는 한 자백할 마음이 없다는 거겠지."

준철이 끄덕이자 오 과장은 한숨을 내쉬었다.

"지금 이 사건에 얼마나 많은 시선이 모여 있는지 알지?"

"예. 국장님께 전화 통화가 많이 오는 걸로 알고 있습니다."

"대강 누가 돈 받아먹었는지 나오는군. 전화를 건 놈들은 켕기는 게 있다는 거 아니야."

사실 수익자 명단을 캘 필요도 없다.

지금 와 부지런히 전화를 돌리는 놈들은 켕기는 게 있는 놈들이다.

"어떻게 하고 싶냐. 리처드 팍 잡을 수 있겠어?"

"소환 조사나 영장이 모두 먹히지 않을 겁니다."

"방법이 없다는 거야?"

"일단은 부회장부터 구속하시죠."

"그놈 구속해서 뭐 해?"

"사안의 심각성은 인식시킬 수 있습니다. 뿐만 아니라 이를 혼자서 단독으로 결정하지 않았을 겁니다."

"측근들도 함께 치자고?"

"네. 다른 사람은 몰라도 비서실장은 꼭 쳐야 합니다."

김명호 비서실장. 이놈은 분명 내막에 대해서 잘 알고 있을 거다. 당시 페이퍼 컴퍼니를 함께 세웠던 게 이자였으니 말이다.

"근데 측근들 구속 친다고 해서 나올까?"

"그리고 제가 알고 있는 방법 하나만 써도 될까요?"

"무슨 방법?"

"최기석 상무를 만나 볼까 합니다."

오 과장의 동공이 커졌다.

"최기석이면 한명그룹 둘째?"

"예. 알다시피 지금 경영권 승계 싸움이 치열합니다."

"야, 아무리 그래도 형제가 형제를 팔겠냐."

아이고, 모르는 소리.

형을 욕보일 만한 이슈면 더 심한 문제도 깔 수 있다. 이건 삼 형제의 역학관계를 잘 알고 있으니 할 수 있는 말이다.

"소득 없으면 말죠. 하지만 분명한 건 저희보다 더 잘 알 겁니다."

되면 좋고, 안되면 본전.

오 과장의 고민은 길지 않았다.

"그래, 모든 서폿 다 해 줄 테니까 한번 해 봐."

오 과장은 준철과 나눴던 애기를 모두 국장님께 보고했다.

이미 세간에 파다하게 퍼지면 언론의 관심이 모이는 사건이다. 부회장뿐 아니라 측근까지 구속된다. 그리고 그들의 형제까지 만난다.

이 모두 국장의 재가 없이는 이뤄질 수 없는 내용들이다.

"재밌구면."

김 국장은 만연한 웃음을 띠었다.

"이이제이야? 그놈들 형제를 부추긴다?"

"네. 그룹 내 역학관계를 이용할 생각인가 봅니다."

"그런 생각은 누가 해냈대."

"자기 혼자 했습니다."

생각할수록 기특하다. 적의 적은 친구라지 않나. 사이가 안 좋은 형제는 남보다 못한 사이다. 경영권을 욕심내는 동생이라면? 형의 모든 추잡한 만행을 더 까발릴 것이다.

"근데 그걸 둘째를 만난다고 알까. 서로 경계하는 사이면 털어놓지 않을 텐데."

"그룹 내부의 일이니, 저희보단 많이 알고 있을 겁니다."

"하긴 한명건설이 아니라 한명그룹 일원이니. 근데 둘째를 설득할 자신은 있고?"

"무슨 꿍꿍인지 모르겠습니다만 해 보겠다는군요."

막무가내의 대답.

하지만 왠지 모르게 믿음이 가는 놈이다. 오 과장은 눈치를 살피다 말했다.

"요즘 전화가 많이 옵니까?"

"번호를 한 번 바꿨는데, 그 번호까지 알아내서 전화가 오더군. 한명건설한테 뒷돈 받아먹은 놈들이 한둘 아닌가 봐."

김 국장은 고개를 저으며 혀를 찼다.

"그중에 그놈들은 빼도 박도 못하지?"

"네. 현 서울 시장은 절대 혐의 못 벗습니다. 그 사람 재임 시절에 그린벨트와 재개발 허가가 이뤄졌으니까요."

"그거 말고는?"

"수의 계약 건도 있는데……. 아마 이것도 혐의를 벗기 어려울 겁니다."

지금 한명건설의 자료에서 고위직 이름이 6명이나 나왔다.

전임 토지공사, 도로공사, 서울 시장, 다선 의원 등.

만약 이들이 모두 다 드러나면 초유의 리베이트 사태가 될 것이다.

하지만 여기서도 충분히 덮을 수 있다.

부회장이 빼돌린 비자금을 어디에 썼는지만 안 밝히면.

그러면 심심할 때마다 한 번씩 나오는 재벌 총수의 비자금으로 정리될 것이다.

이 결정권을 가지고 있는 것이 김 국장이었다.

오 과장은 말없이 국장님의 대답만 기다렸다.

"해."

대답은 무척 짧았다.

"뒷돈 만들어서 어디에 돌렸는지 알아내는 게 제일 중요한 거 아니야?"

국장은 여유롭게 웃었다.

"내 눈치 보지 말고 해. 그리고 윗선에서 외압 들어오면 내가 다 막는다."

❧

최기석 상무는 급작스레 성사된 공정위와의 미팅이 마땅치 않았다.

그러지 않아도 한명 그룹을 두고 안팎에서 많은 말이 오가는 시국이다. 상관도 없는 자신을 불렀지만, 그리 유쾌한 애기가 나오지 않을 거란 것쯤은 예상했다.

준철은 예의 진중한 얼굴로 인사하며 명함을 건넸다.

"이준철이라고 합니다."

참으로 오묘한 감정이 들었다. 과거 부회장 밑에 있을 땐 가장 치고 박고 싸웠던 게 그 아닌가.

부회장은 하청을 쥐어짜 영업이익만 올렸지만, 이쪽은 꽤 경영 실적이 좋았다. 제약회사를 맡아 취임 5년 만에 매출을 두 배나 신장 시킨 것이다. 물론 그 과정이 다 떳떳했다면 건설은 놈에게 넘어갔겠지.

대학병원들에게 로비를 펼친 정황이 발견돼 사장에서 해임당하고 2년 만에 상무로 다시 들어온 놈이다.

놈의 비리를 검찰에 제보한 게 김성균과 부회장이었다.

그렇게 얽힌 악연인데 이제 와 협조를 바라다니, 인생이란 참 알 수가 없다.

"최기석 상무요. 한데 날 만나자 한 이유가 뭡니까?"

"차 한잔하면서 말씀하시죠."

"그쪽하곤 물도 마시고 싶지 않아요. 용건만 말해 주세요."

급한 성격은 여전하구나.

놈이 경계심을 잔뜩 보였지만 준철은 예의 웃음을 지우지 않았다. 어찌 됐건 놈은 지금 관련자나 참고인이 아니다.

협조를 부탁해 봐야 한다.

"혹시 한명건설 비자금 때문에 보자고 한 거면 가쇼. 난 아

공정거래
위원회

는 거 일절 없으니까."

"리처드 팍을 찾고 있는데, 정말 그 사람이 어디 있는지 몰라요?"

"모릅니다. 내가 오늘 여기 온 건 공정위가 칼춤 추다 괜히 옆에 있는 나까지 피해 볼까 나온 거요. 그리고 내가 형을 배신할 생각이라면 오산이요."

'형'이라는 호칭에 피식 웃음이 났다.

"우애가 깊군요. 보통 그 새끼, 저 새끼라 부르는 걸로 아는데."

"뭐?"

"한명 그룹은 경영권 다툼이 치열한 걸로 압니다. 상무님도 호시탐탐 왕좌만 노리고 있지 않았습니까?"

"그래서 나더러 형제를 팔아먹으라고?"

"팔지 말고 당한 만큼만 갚아 주세요. 5년 전 대학병원 리베이트 때 큰 곤욕을 치르지 않았습니까."

놈의 얼굴이 사색이 됐다.

"그때 내부자고발로 둔갑시켜 검찰에 언질 준 게 누구였을까요."

"이간질시키지 마! 설사 그게 형이었다 해도 내가 당신들을 왜 도와?"

다시 한번 발끈하려던 찰나.

"시작은 한명건설 비자금이지만, 곧 한명 그룹 비자금 수사로 확대될 수 있습니다."

"……확대? 치사하게 이런 게 어디 있어! 당신도 알겠지만 이건 간판만 '한명'을 같이 쓸 뿐 각 계열사는 전혀 다른 회사라고."

불똥이 튈 수도 있단 말을 전하니 말투가 좀 공손해졌다.

억울할 것이다.

한명 그룹 계열사는 완전히 독립된 존재들이다. 형 때문에 자기 자신까지 수사받아야 하는 게 당연히 억울할 것이다.

"그러니까 기회를 드리는 겁니다. 간판만 같이 쓰는 회사 때문에 왜 동생이 피해를 봅니까. 형에게 당했던 일 복수하고, 새 인생 사세요."

준철은 쓱 서류를 넘겼다.

"그리고 이건 저희가 제보를 받은 내용입니다. 상무님께서도 그리 깔끔한 편은 아니더군요."

서류를 든 최 상무 얼굴이 실시간으로 굳어졌다. 짧은 종이였지만 그 안엔 자신이 비자금을 만들었던 내역들이 대략적으로 다 나와 있었다.

"이, 이건……."

놀랄 만도 하다. 이건 김성균으로 살 때 추후에 있을 경영권 분쟁을 대비해 전부 준비해 놨던 자료이니까.

그의 얼굴은 순식간에 붉으락푸르락 거렸지만, 서류 검토를 다 마쳤을 땐 한결 차분한 모습이었다.

"나한테 구체적으로 원하는 게 뭐요."

"리처드 팍. 어디에 있습니까. 누군지 아십니까."

최기석은 많은 생각이 들었다. 아무리 막장 가족이라 한들 형제를 팔아먹은 동생으로 남고 싶진 않았다.

하지만 지금 이놈이 제시한 서류는 위험한 자료다. 조사에 협조하지 않으면 형과 함께 순장당할 것이다.

근데 과연 그럴 이유가 있을까?

단지 먼저 태어났단 이유로 그룹의 핵심 계열사인 건설을 가져간 형이다. 늘 그것이 불만이었고, 별로 특별하지 않은 능력 발휘하는데 마치 자기 것인 양 행세하는 형이 싫기도 했다.

"다른 거 다 필요 없습니다. 리처드 팍에 대해 알고 있는 것만 말해 주세요."

준철이 재차 묻자 그가 입을 열었다.

"베트남에 있을 거요."

"베트남?"

"형이 해외에 유령 회사 세우고 문제 터질 때마다 숨겨 놓는 안가가 있거든. 나도 형의 약점 찾느라 조금 뒷조사를 해 놨습니다."

"하면 이미 알고 있었습니까?"

"PL을 싱가폴에서 세운 놈까지 알고 있습니다. 김성균 본부장이라고 형의 오랜 심복이었지."

가슴이 욱신거렸다.

"근데 그자는 이미 죽은 사람이니 뒤를 캐 봐야 별수 없을 겁니다."

"네. 그건 알고 있습니다."

"그리고 리처드는 우리 법률 팀에서도 일했어요. 나도 모든 정보통을 다 동원해서 알아낸 바에 의하면 베트남 안가에 숨어 있소. 아마 절대 안 나올 거요."

됐다.

소재지 파악됐으니 이제 소환만 하면 된다.

"그럼 구체적으로 어디에 있는지도 아시겠군요."

"그 전에 먼저. 당신이 나한테 들고 온 자료부터 마무리 지어야지?"

"걱정 마십쇼. 본인 찌르려고 준비한 게 아니라 협박용으로 가지고 있었을 뿐입니다."

이건 진심이다. 어차피 지금 이놈까지 상대해선 안 된다.

"단, 그자에 대한 정보를 다 넘겨준다는 전제하에요. 도와줄 수 있습니까?"

고민은 길지 않았다.

"아는 만큼 알려 드리죠. 비서실 통해 연락드리겠습니다."

☙

하노이에서 멀리 떨어진 베트남 안가(安家).

인적이 드문 곳에 위치한 호화 저택에선 매일같이 불평이 쏟아져 나왔다.

"나 언제까지 짱 박혀 있어야 돼요?"

벌써 한 달째나 이어지고 있는 도피 생활.

가족은커녕 뉴스도 함부로 볼 수 없다.

"이 정도면 사실상 나 징역살이 아닌가."

"곧 잠잠해질 겁니다."

"물어볼 때마다 그 소리군."

"조금만 참아 주세요. 부회장님이 지금 비자금 인정했습니다. 그 비자금을 어디에 뿌렸는지만 막으면 모든 게 다 끝날 겁니다."

그에 대한 정보를 가지고 있는 게 바로 리처드 팍이다.

"아무리 그래도 이건 너무한 거 아니야? 나 가족이랑 통화한 지 너무 오래됐어."

"당국의 추적이 심해 당분간은 어쩔 수 없습니다."

"그럼 그때 돈 뿌렸던 금배지들한테 수사 막으라 그래! 이 짓거리 막자고 돈 뿌려 놓은 건데 왜 계속 당하고 있어!"

답답할 노릇이다. 건설 관련 공기업은 물론, 검찰과 국회의원들한테 돌린 보험비가 얼만데 이렇게 무기력하게 당하다니.

"혹시나 해서 하는 말인데, 허튼 생각 마."

"그건 무슨 말이요."

"내 입 하나 막으면 모든 게 다 끝날 거란 생각. 참고로 내가 죽으면 몰래 써 놓은 유언장이 대중에 공개될 거야. 그 파장은 나도 감당 못 해."

"그건 걱정 마요. 우리가 법조인 상대하는데 그 정도 예상 못 할까."

경호원이 달래듯 말했지만 전혀 안심은 되지 않았다.

이 안가는 사람의 시선을 피하기 좋은 만큼, 사람이 죽는 소리도 바깥에 들리지 않는 곳이다. 잠자리에 들 때마다 불안감이 치솟는 탓에 이젠 신경쇠약까지 걸린 지경이었다.

"괜한 걱정 그만하고. 오늘은 이만 들어갑시다. 요새 이 근방까지 계속 경찰이 나돌아 다녀……."

삐용, 삐용.

그때, 이 괴로운 도피 생활을 끝내 줄 구원의 종소리가 들렸다.

"뭐, 뭐야!"

한적한 안가에 갑자기 경찰차가 들이닥치며 아수라장이 된 것이다. 놀랄 새도 없이 무장 경찰이 우르르 내려 안가를 포위하기 시작했다.

ↄ

"뭐? 리처드 곽이 잡혀?"

공정거래
위원회

"예. 안가에 경찰들이 들이닥쳤다고……."

"그게 무슨 소리야! 분명 개미 새끼 한 마리 못 지나가게 통제하던 곳인데."

"아무래도 정보가 샌 것 같습니다. 최기석 상무가 저희 뒷조사를 했는데, 그걸 당국에 흘린 모양입니다."

더 이상 득의양양하던 부회장의 얼굴을 찾아볼 수 없었다.

리처드 팍이 잡혔다는 건 모든 걸 다 들켰다는 얘기. 비자금이 어떻게 한국으로 유입됐으며, 누구에게 뿌려졌는지 단숨에 파악할 것이다.

"송환은 언제야."

"늦어도 이번 주입니다."

그놈에게 입을 다물란 부탁을 해도 될까, 이 미련한 질문은 꺼내지 않았다.

처음부터 회사에 소속된 놈도 아니었고, 충성심도 기대할 수 없는 놈이다.

"……어떻게 할까요."

"덜 민감한 이름들 꺼내 봐."

"현직 시장까지 다치는 건 타격이 큽니다. 이미 은퇴한 의원이나 공무원들 위주로 알아보겠습니다."

현직자들을 건드리는 건 정치권의 후폭풍 또한 상당한 일이다.

하지만 이미 은퇴한 공무원들을 건드는 건 상대적으로 해 볼 만한 일.

김 실장 머릿속엔 들켜도 타격 없을 명단이 스쳤다.

하지만 이런 대화가 더 지속되기 전.

바깥에서 쾅쾅 소리가 나며 소란스러워지기 시작했다.

"아, 들어가시면 안 된다니까요."

"경찰이 못 들어갈 데가 어디 있어? 당신들 안 비키면 공무집행방해야."

소란은 곧 부회장실 문이 벌컥 열리며 끝났다.

"여기 계셨군."

경찰들은 좌우를 물리치며 부회장에게 다가갔다.

"최영석 씨. 당신을 비자금 조성 혐의 및 증거인멸 혐의로 구속합니다."

"뭐?"

"영장이 신청한 지 2시간 만에 나왔어요. 웬만하면 자백하는 게 좋을 겁니다."

최영석은 아뿔싸 싶었다.

보통 영장 신청 같은 경우 검찰 빨대들이 다 알아서 일러바쳐 주는 문제다.

한데 아무런 통보도 없이 바로 영장 신청? 이건 이미 검찰 내부 조직도 이 문제에서 선을 긋고 있단 뜻이다.

"아주 증인을 꼭꼭 숨겨 놓으셨더군. 덕분에 휴양지에서 발에 땀나도록 뛰어다녔습니다."

경찰들은 비웃음을 흘리며 수갑을 채웠다.

하지만 진짜 비극은 한명건설 바깥에서부터 시작이었다.

―한 말씀만 해 주세요. 리처드 팍과 어떤 관계입니까?

―비자금이 국내로 유입된 경로가 밝혀졌습니다. 이건 모두 여의도에게 건넨 로비 자금입니까.

냄새 맡고 모인 기자들이 건물 앞에서 진을 치고 있었던 것이다.

부회장은 비통한 얼굴로 고개를 숙이며 호송 차량에 올랐다.

어쩌면 한명건설 부회장 자리를 놓칠 수도 있다는 무서운 생각이 문득 머릿속을 스쳐 지나갔다.

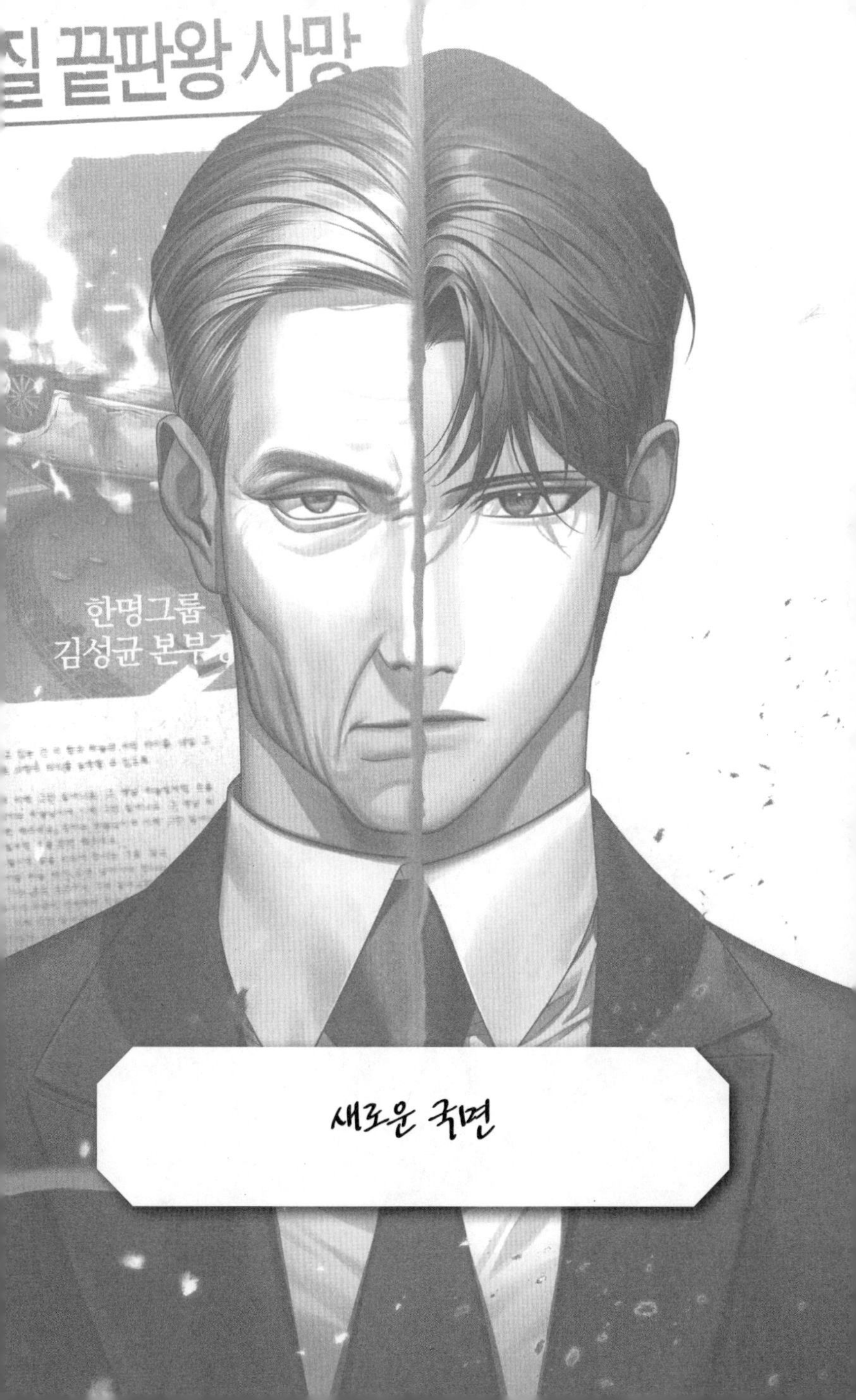

질 끝판왕 사망
한명그룹
김성균 본부
새로운 국면

"자, 이제 모든 걸 다 말해 봅시다."

취조실로 끌려 온 리처드 팍은 말없이 책상만 바라보고 있었다.

"박상수 씨, 대화 안 하실 겁니까?"

한국 이름을 부르자 놈이 흠칫했다.

"무엇을 상상하든 우린 그 이상을 알고 있습니다. 더 이상 거짓말할 생각 말아요."

"그럼 댁이 뭘 아는지부터 들어 봅시다."

"베트남 안가는 부회장 이름으로 되어 있었고, 두 사람은 당연히 유착 관계죠?"

"겨우 그거 물어 보려고 불렀습니까."

워밍업이라서 짧게 잽을 던졌는데, 놈이 콧방귀를 뀐다.

"그럼 요지를 말씀드리죠. PL컴퍼니로 세탁한 비자금, 전부 어디로 돌렸습니까?"

나불대던 놈의 입이 멈췄다.

부회장이 했던 말이 떠올라서다. 이번 사건에 연루된 고위 공무원들은 총 6명. 한명그룹은 그중 처벌 받아도 그만, 안 받아도 그만인 전임자들을 물색 중이다.

어차피 현 상황에서 다 수습할 순 없다.

그는 지금이 범죄 규모를 축소해야 할 때란 걸 알았다.

"잘 기억이 나질 않네. 당신들이 의심하는 이름부터 말해 보쇼."

"우리 지금 스무고개 하는 거 아닙니다만."

"나같이 이름만 빌려준 바지사장이 어디 돈 구경 해 봤겠어? 기억나는 대로 알려 드리리다."

사안의 심각성을 모르는 게 아니다. 시간을 벌며 범죄를 축소하겠단 뜻이다.

준철은 볼펜을 톡톡 치며 의미심장한 웃음을 지었다.

"박상수 씨, 혹시 구치소에서 자살하는 사람이 얼마나 되는지 알아요?"

"뭐?"

"감시가 삼엄한데 매년 10명씩은 구치소에서 죽어 나가. 근데 그중에서 자살을 한 게 아니라 당한 사람은 얼마나 될까?"

쓱.

"김성균, 이름은 들어 봤을 거요. 당신하고 함께 PL컴퍼니 세운 본부장이지."

"그, 그걸 어떻게."

"이 사람이 지금 어디 있을까요. 구치소? 아님 감방?"

준철은 검지를 들어 하늘을 가리켰다.

"부회장은 앞길에 방해된다 싶으면 충성을 다하던 사냥개도 잡아요. 하물며 박상수 씨라고 다를까."

"……이간질 그만하지? 난 최영석 부회장이 허위 계열사 세울 때 이름만 빌려줬고, 그 뒤론 돈 구경도 못 해 봤어."

"이름만 빌려준 놈이 왜 베트남에서 잠적을 해. 위험한 놈이니까 부회장이 안가까지 내주지 않았겠어?"

놈의 얼굴이 사색이 되자 준철이 기세를 올렸다.

"서울시에서 그린벨트 해제하고, 강남 아파트 재개발 들어갔는데, 그걸 한명건설이 똑 따가 버렸네?"

"……."

"현직 서울시장이 관여됐단 얘기지? 근데 그린벨트 해제를 시장 단독으로 결정했을 리 없고. 중량감 있는 정치인들다 관여되어 있을 텐데, 당신이 진짜 아는 게 없어?"

"……."

"자살 당하기 전에 말하쇼. 이제부터 믿을 사람은 우리야."

리처드 팍은 고개를 들지 못하며 손을 달달 떨었다.

민감한 사건이 터질 때마다 자살 소식이 들리는 건 그리 이상한 광경이 아니다. 젊은 놈의 말이 전혀 과장처럼 들리지 않았다.

부회장 협박용으로 작성한 유언장을 죽고 나서야 공개하는 건 의미가 없었다.

같은 시각 다른 취조실.

구속된 최영석은 쓸쓸하게 시선을 아래로 깔았다.

"굵직한 공사들은 전부 한명이 따냈더만. 최영석 씨, 이거 다 로비로 따냈죠."

젊은 검사의 핀잔에 아랑곳하지 않고 부회장이 고개를 저었다.

"모르는 일이요."

"덮어 놓고 모른다 해서 넘어가질 상황이 아녜요. 지금 옆방에서 리처드 팍 조사하고 있어. 거짓말이 얼마나 갈 것 같아?"

"괜히 강압 수사해서 자백을 불게 할 모양이면 그만두시오."

"뭐? 강압?"

혈기 넘치는 젊은 검사는 인내심이 좋은 편이 아니었고, 책상이 엎어져 버렸다.

"강압은 염병. 다 드러난 마당에 끝까지 모른다는 게 말이
돼?"

그때 취조실 바깥에서 문이 열리며 부장검사가 들어왔다.

부장은 엎어진 책상과 부회장을 번갈아 가며 보더니 젊은
검사의 정강이를 깠다.

"너 지금 쌍팔년도 취조하냐?"

"부, 부장님……."

"피의자도 피의자의 권리라는 게 있다. 한 번만 더 이 꼴
보이면 바로 옷 벗겨 버릴 테니까 그런 줄 알아."

평소 부장검사는 터프한 취조를 좋아했다.

사람을 때린 것도 아니고 책상 한 번 엎으며 겁 좀 줬는데,
이런 반응이 나올 줄 몰랐다.

젊은 검사가 낑낑거리며 나간 후엔 부회장과 부장검사 둘
만 남게 됐다. 부장검사는 눈치를 살피더니 먼저 입을 뗐다.

"아직 명단은 정리 안 됐습니까."

"죄송합니다. 최대한 타격 없는 사람들로 추리려 하는데,
마음처럼 안 되는군요."

"하긴 아무리 전임자만 턴다 해도 반발이 심하지. 근데 서
울시장은 못 벗어날 거요."

"예?"

"그린벨트 해제랑 강남 아파트 재개발은 빼도 박도 못하더
군. 그걸 최종 지시한 게 시장이더만."

갑자기 차가워진 말투.

그리고 단념적인 어조.

부회장은 지금 부장검사가 자신과 거리를 두고 있음을 여실하게 느꼈다.

"그렇다고 아주 방법이 없진 않을 겁니다."

"물론 하나 있습니다. 혼자서 뒤집어쓰기. 추후 취조가 계속돼도 그 비자금은 무조건 혼자서 먹었다 하시오."

"리처드 팍이 진술을 해 버리면……."

"그 정도야 우리 선에서 정리 가능해. 돈 뿌린 정황 없다고 잡아떼면 일단 넘어가질 겁니다."

부회장은 식은땀을 흘렸다.

이건 돈 먹은 놈들을 보호하기 위해 자신더러 뒤집어쓰란 뜻이다.

"하면 저에 대한 처벌은……."

"1,200억대 돈 모두 환수한다는 가정하에 집행유예 3년. 이게 최선입니다."

일반인들에게 집유는 무죄지만, 재벌 총수들에겐 명예형이다.

출장이 많은 이들은 출입국에서 짐 수색을 당해야 한다. 하지만 그것보다 더 참아 줄 수 없는 부분도 있었다.

"집유면……. 전 자리에서 물러나야 합니다."

"딱하구려. 부회장, 지금 자리가 중요한 때라 봅니까? 자칫

공정거래
위원회

하면 줄줄이 엮여서 다 죽을 수 있어요."

"하지만 저도……."

"이게 살생부 명단이죠. 돈 받아먹은 나랏님들? 이거 다 드러나면 어찌 될지는 아실 겁니다."

한명건설은 더 이상 공사를 따내지 못할 것이다. 이것 하나 제대로 못 하는 놈들에게 일감을 줄 공공기관은 없다.

"그 자리 계속 차지하려다 더 큰 화를 당할 수 있어요. 안 되는 건 깔끔하게 포기하시오."

부장검사는 그리 말하며 일어났다.

※

부장검사의 제안은 현 상황을 타개할 최상책이었지만, 타이밍이 그리 좋지 않았다.

사람은 역시 '죽음'을 가지고 협박하는 게 가장 빠르다.

리처드 팍이 자신의 유언장을 다 공개하며 누가 얼마나 받았는지까지 다 입수한 것이다.

"과장님, 진술 다 나왔습니다."

그 내용은 곧 오 과장에게 보고되었다. 공기관 수십 명, 국회의원 수 명이 연루된 비리에 오 과장도 한동안 입을 떼지 못했다.

"역시나 서울시장은 빼박이네. 이거 진짜 특검이 열릴 수도 있겠는걸."

과장이 아니다. 특검을 만약 대통령이 거부하면 청와대도 공범으로 몰릴 판이다.

"어떡할까요?"

"이 명단 그대로 소환해. 일단 얘기는 들어 봐야지."

"어차피 할 말 있겠습니까. 모른다가 전부일 텐데."

"빤한 거짓말 들어 보는 것도 절차다. 넌 가만 보면 무조건 영장부터 치려 그래."

핀잔투로 말했지만 서로 기분이 좋았다.

하지만 이런 풋풋한 기분을 만끽할 새 없이 오 과장의 인터폰이 울렸다.

"예? 아, 예. 지금 명단 받았습니다. 아……. 지금요? 알겠습니다."

전화를 끊은 오 과장이 긴 한숨을 내쉬었다.

"이 팀장, 이거 가지고 위로 올라와라. 국장실."

☙

국장실에 가니 익숙한 얼굴들이 자리를 지키고 있었다.

서울시장부터 중진 의원, 그리고 공기관장들이 한자리에 모여 있던 것이다.

"실무자들이 왔네요. 앉지."

공정거래
위원회

김 국장은 대수롭지 않게 준철과 오 과장을 맞이했다.

"이 팀장."

"예."

"현 조사 상황에 대해 궁금한 게 많으신 모양이야. 한번 브리핑해 줄 수 있나?"

준철은 난감한 얼굴이 되었다. 현재 이들을 조사하고 있는데, 당사자 앞에서 보고하라니. 불안했다. 혹시 이미 국장님께선 이들에게 포섭된 걸까?

그런 모습에 아랑곳하지 않고 김 국장이 눈을 찡긋거렸다.

"예……. 그럼 현 조사 상황에 대해 말씀드리겠습니다."

일단 믿어 보자. 절대로 그러실 분은 아니니.

준철은 자리에서 일어나 리처드 팍의 유언장에 대해 설명했다.

"피의자도 목숨의 위협을 느껴 보험조로 가지고 있었다고합니다. 내용을 보면 돈을 어떻게 세탁해 어떻게 썼는지까지다 나와 있습니다. 그린벨트 해제와 재개발은 이에 대한 대가성으로 파악됩니다."

"그만."

보고가 미처 끝나기 전.

서울시장이 손짓을 하며 불편한 기색을 내비쳤다.

"뭐 엄장 지르는 것도 아니고, 우리가 이걸 몰라서 왔겠소."

"김 국장, 일단 실무자들 보내고 우리끼리 진중한 얘기 좀 합시다."

김 국장은 망부석처럼 고개를 저었다.

"실무자가 못 들을 말이면 저한테도 하지 마십쇼. 무슨 말 씀을 하는지 함께 들어야죠."

젠장.

"좋소. 그럼 단도직입적으로 말하지. 어차피 이 사건은 최영석 부회장이 혼자 다 떠안겠다고 한 사건 아니요."

"그 사람 처벌하는 데 우리가 아무런 딴지도 걸지 않겠습니다. 집행유예든 실형이든 책임자 처벌하고 끝내세요."

이제 와 혼자만 살겠다?

김 국장은 익히 예상했던 용건이었기에 놀랍지도 않았다.

"방금 못 들었습니까. 비자금이 얼마나 흘러갔는지도 다 나왔다고 하는데."

"그건 우리가 받은 게 아니에요."

"그럼 왜 찾아오셨습니까."

"하도 언론에서 들쑤셔서 불안해서 그럽니다. 보통 이렇게 무자비하게 수사하다가 꼭 엄한 사람까지 돌 맞기 마련이거든. 실적 한번 챙기겠다고 일 크게 벌이지 않길 빕니다."

김 국장은 비웃음을 흘렸다.

"은퇴가 코앞인데 실적 챙겨 뭐 하겠습니까. 한달음에 달려오신 걸 보니 어지간히 급하긴 한가 봅니다."

"김 국장!"

"돌아들 가십쇼. 오늘 만남은 없었던 걸로 하겠습니다."

김 국장이 등을 돌리자 서울시장이 소리쳤다.

"당신 악명이 이 바닥에서 자자합니다. 출세욕 때문에 남의 재임 자료를 턴다고?"

"당신은 그 위치까지 가면서 모든 게 다 떳떳했을 것 같소?"

"작정하고 까면 당신도 무사하지 못해."

씩씩거리며 원성을 토해 냈지만 김 국장은 미동도 없었다.

"잘 생각하시길 바랍니다."

더 이상 대화가 통할 기미를 보이지 않자 무리는 줄지어 국장실을 나갔다.

"저것들은 협박 멘트도 진부해. 걸핏하면 내 재임 자료를 털겠대."

"……국장님, 괜찮으십니까?"

"안 괜찮아. 저 미친것들 다 처넣지 않으면 제 명에 못 살겠어."

김 국장은 여유롭게 웃으며 서류를 건네받았다.

"이 팀장, 이거 바로 언론에 뿌려 버려서 쐐기 박아 버려."

"……예?"

"그래야 수습을 못 하지. 사람 마음 다 똑같다. 저렇게 계속 회유하고 협박하면 우리도 결국 꾐에 넘어가게 돼 있어."

"아, 예."

"무조건 정석대로 해라."

[검찰 – 관계자 명단 입수]

[서울시장 및 전직 토지공사 명단 다 나와]

　–다음 소식입니다. 한명건설의 일감 몰아주기 의혹이 연일 파장을 이어 나가고 있습니다. 검찰과 공정위는 최 부회장의 비자금을 1,200억대로 파악했는데요. 상당한 돈이 로비 자금으로 쓰였다는 자백을 받아 냈습니다. 그간 얼마나 많은 공사를 이렇게 따냈던 걸까요.

　준철이 입수한 명단은 가감 없이 언론에 폭로되었다. 이로써 민감한 이름을 감추기 위한 한명건설의 노력도 물거품으로 돌아갔다.

　본디 공공기관장은 청와대 낙하산 인사들로 채워지는 법이다. 그런 만큼 폭로된 인사엔 여야가 없었다.

　한명건설의 편의를 봐줬던 여러 기관장들이 입방아 올랐지만, 그중에서도 가장 큰 관심을 받는 건 현직 서울시장이었다.

　–그린벨트 해제가 청탁이었습니까?

-강남 재개발도 모두 대가성 사업이었습니까?

당사로 몰려든 기자들을 제치며 서울시장이 코웃음을 쳤다.

"오늘 이 자리에서 확실하게 말씀드리겠습니다. 모두 사실무근입니다."

-검찰은 이미 진술이 나왔다고 밝혔습니다만.

"과거에도 ×××리스트, 아무개리스트란 말이 돌았죠. 한데 사실로 밝혀진 게 있나요? 딱 그 정도 수준의 모략입니다."

-그럼 아무런 이유도 없이 현직 서울시장이 거론됐단 말씀입니까?

"네, 그렇습니다. 전 지금 '아니 땐 굴뚝에 연기 나랴'란 말이 제일 무섭습니다. 아무래도 기업 내부 비리가 터지며 서로 폭로전을 하는 모양인데, 부디 공정위와 검찰이 엄정 수사하여 제 억울함을 밝혀 주시길 바랍니다."

서울시장은 눈 하나 깜빡이지 않고 당사로 들어갔다.

-마지막으로 한 말씀만 해 주십쇼! 감사원이 특별 감사하겠다고 했는데 자신 있으신지요?

당사로 일찍 사라진 게 다행이었다. 서울시장이 그 질문을 듣고 얼마나 표정이 일그러졌는지 잡지 못했으니까.

서울시장은 성의 없는 대답만 되풀이하고 사라졌지만 네티즌들의 화는 좀체 수그러들지 않았다.

-미친놈들 아니냐? 어쩐지 멀쩡하던 그린벨트 산 깎더니. 이거 완전

미친놈들이구만?

　―ㅇ.ㅇ 저 명단만 있는 게 아닐걸?

　―당연하지. ㅋㅋ강남아파트가 유네스코 문화유산 소리 듣던 아파튼데, 저 새끼 당선되고 나서 싹 다 갈아엎음. 이건 정치권 조력 없으면 못함.

　―와. 지금 와 생각해 보면 진짜 말도 안 되게 갈아엎었네. 그리고 말도 안 될 만큼 한명건설에 공사를 줬네.

　준철은 기사들을 훑으며 한숨을 내쉬었다.

　언론에 바로 뿌려 버리란 국장님의 오더가 맞았다. 여기까지 찾아와 덮어 달라고 하던 놈들이 카메라 앞에선 어쩜 저리 당당한지 모른다.

　기사 댓글이나 보며 위로를 얻으려 했는데, 그 또한 하늘이 돕지 않았다.

　"뭐요, 보석? 아니, 법원은 눈이 삐었습니까? 그 멀쩡한 놈한테 무슨 병보석이에요?"

　김 반장이 씩씩거리며 전화를 끊었다.

　"후우……. 팀장님."

　"왜요, 부회장 병보석 신청했답니까?"

　"네. 법원에서도 허가가 떨어졌다는군요."

　"질환이 뭐랍니까?"

　"들어도 모르겠습니다. 무슨 다발성 어쩌고저쩌고 하는데.

지병이래요."

지병은 개뿔. 해외에 애인까지 두고 살 정도로 혈기가 왕성했으면서.

"본새를 보아하니 이거 아무리 해 봤자 집행유예가 끝이겠습니다."

준철은 담담하게 말했다.

"그 정도만 해도 충분한 처벌입니다."

"해먹은 돈이 1천억대인데, 고작 그걸로 되다니요."

"집유 기간 땐 부회장 자리 유지 못 하잖아요. 놈에게서 가장 중요한 걸 빼앗는 겁니다."

준철도 한술에 배부르고 싶단 생각은 하지 않았다.

하나씩 무너뜨리면 된다.

🌀

─대가를 받고 입찰 사업에 선정했다는 게 사실입니까?

"사실무근입니다."

─그렇다면 재임과 동시에 그린벨트 해제 사업과 강남 재개발은 어떻게 된 겁니까?

"오해가 있는 모양인데, 그건 치솟는 부동산과 집값 안정화를 위한 고육지책이었습니다. 이건 제가 후보자 시절부터 공약했던 내용이고요. 전 그걸 토대로 당선된 겁니다."

검찰로 소환된 서울시장은 영양가 없는 변명만 되풀이했다.

중요한 순간마다 '기억이 나지 않는다.', '사실무근이다.'라는 말만 계속된 지루한 취조였다.

그가 말도 안 되는 변명으로 시간을 끌고 있을 때, 물밑에선 야합이 이뤄지고 있었다.

"폭풍이 커도 너무 큽니다. 어제 뉴스에선 특검 찬성 비율이 70%를 넘어갔다는군요."

"이럼 우리도 울며 겨자 먹기로 특검 통과시켜야 하는 거 아닙니까?"

"청와대도 거부하지 못할 거요. 이거 대체 어떡하면 좋습니까?"

한자리에 모인 양당 의원들은 땅이 꺼져라 한숨을 쉬었다. 일감 몰아주기로 시작된 의혹이 정치권 로비 사건으로 비화됐다. 특검이 통과되면 얼마나 더 끔찍해질지 모른다.

답 없는 문제를 계속 고민하다 보니 원성이 엉뚱한 곳으로 향했다.

"이번에도 그 이준철이란 놈이오! 이놈은 반드시 끝을 본다고."

"우리가 너무 오냐오냐 키웠어. 군납 비리 때 아주 묵사발을 내놨어야 하는데."

"아, 혈기왕성한 놈이 날뛰면 연륜 있는 놈들이 말려야지.

대체 그쪽 국장은 뭐 하는 작자입니까?"

"우리도 그 사람 재임 자료를 털어서……."

"다들 그만."

여당 당대표가 묵직한 음성으로 말하자 회의실이 순식간에 조용해졌다.

그는 가만히 한숨을 내쉬더니 다시 입을 열었다.

"지금은 복수보다 이 피해를 어디까지 해야 할지를 의논해야 할 것 같습니다만. 홍 대표님은 어찌 생각하시는지요?"

"동감합니다. 지금은 피해를 최소화할 수 있는 방법부터 생각해 봅시다."

피해를 최소화.

한마디로 이젠 어디까지 손절할지를 의논해 보자는 거다. 오늘 회의에선 희생자가 가려질 것이다.

모두가 숨죽이며 처분을 기다릴 때 여당 대표가 입을 열었다.

"서울시장은 살립시다."

시작부터 민감한 이름.

"가능……하겠습니까? 최 시장은 그린벨트 해제랑 강남아파트 재개발같이 빼도 박도 못할 비리가 걸렸는데."

"아닌 걸 기다라고 우기는 게 우리 일이죠. 현 상황에서 서울시장이 정리되면 그다음은 공기관장들입니다. 이에 대한 파장을 우리가 감당할 수 있을까요?"

공기관장은 청와대의 대표적인 낙하산 인사다. 공정위의 조사가 계속되면 여야 모두 상처투성이일 수밖에 없다.

"물론 아주 덮자는 건 아닙니다. 은퇴한 지 오래됐거나, 정계를 떠난 사람 중에 쓸 만한 희생양을 구해 보죠. 하지만 한 가지 확실한 건 이 불이 크게 번지는 걸 막아야 한다는 겁니다."

짧은 침묵이 흘렀지만 모두들 이게 최선의 방안이란 걸 알고 있었다.

"듣고 보니 그 말씀이 맞습니다. 여기서 현직자들 연루 흔적 나오면 밑도 끝도 없어요."

"최 시장이 그래도 저렇게 뻔뻔하게 나와 주는 게 다행이에요."

"무조건 잡아떼고 현직자들에겐 피해 없게끔 마무리합시다."

양당의 거국적 합의 덕에 희생양이 될 명단 2~3명 이름이 나왔다. 모두들 은퇴한 지 오래로 처벌받아 봤자 타격 없는 사람들이었다.

"진짜 문제는 최영석 부회장인데⋯⋯."

"실형 살 수도 있지 않습니까. 반발이 만만치 않을 것 같은데⋯⋯."

다들 입맛을 다실 때 여당 대표가 결단한 듯 말했다.

"한명건설도 선수예요. 형량을 가볍게 해 줄 변호사 하나 없을까. 우리가 안 도와줘도 실형 피할 수 있는 방안은 마련해 놨을 겁니다."

"그건 그렇죠."

"그 걱정은 그 사람에게 맡기고, 우린 우리 뜻만 전달합시다."

❦

양당 의원들 말대로 한명건설은 법조계 선수였다.

엊그제만 해도 위풍당당했던 최영석은 휠체어라는 마법의 아이템으로 당당하게 병보석을 허가받았다.

–죄를 인정하십니까?

기자들의 날 선 질문이 잇따랐지만 부회장은 고개만 끔뻑 숙이며, 묻는 사람이 죄책감을 가질 만큼 불쌍한 척에 여념이 없었다.

그런 그의 태도는 집무실에 들어서자마자 180도 바뀌었다.

"염병할!"

그는 타고 왔던 휠체어를 내동댕이치며 욕지거리를 내뱉었다.

"그러니까 지금 날 손절하겠다는 거야?"

"……예."

비서실장은 고개를 숙였다.

이럴 때를 대비해 그 수많은 돈을 뿌려 뒀건만, 막상 사고가 터지고 나니 모두 나 몰라라 하기 바쁘다.

그때 한 사내들이 들어왔다.

중진 의원들로 이번 공사에 많은 혜택을 준 자들이었다.

"잘 지내셨소, 최 부회장."

딱딱한 말투가 벌써부터 거리를 두고 있음을 말해 준다.

"의원님 덕분에 무사히 잘 나왔습니다."

"보석 허가는 우리가 손쓴 게 아니오. 한명건설 자력으로 나온 거지."

"보는 눈이 많은데 허가가 떨어진 건 의원님들의 힘이 컸지요. 그래도 두 번 다시는 가고 싶지 않습니다."

실형을 살지 않겠단 뜻이다.

"암, 그래야지. 천하의 한명건설한테 어떻게 실형이 나오겠소. 그래도 이제 우리는 이 문제를 수습해야 할 것 같은데."

"기탄없이 말씀하세요."

"부회장님, 우린 서울시장 살리기로 했소."

"무슨 말씀인지."

"서울시장 내치면 그다음은 공기관장 차례 아니오. 이러면 한도 끝도 없다고. 비자금 조성은 본인 혼자를 위한 일이었다. 그렇게 얘기 정리해 주시오."

부회장은 부아가 치밀었다. 돈 받아 처먹을 땐 언제고 이제 와 선 긋기라니.

"혼자 죽으란 말씀이시군요."

"여론 반응을 봐요. 내일 당장 특검이 통과돼도 이상하지 않을 만큼 험악해. 현 상태로 국회가 특검 거부하면 전 의원이 다 의심받을걸. 청와대도 거절할 명분이 없소."

여야청. 이들이 합심하면 어쩔 수가 없다.

아무리 한명건설이 검찰에 뿌린 돈이 많다 하더라도 결국엔 더욱 큰 내막이 밝혀지고 만다.

그렇다고 하는 둥 마는 둥 하면 어쩌겠는가. 검찰까지 싸잡아 욕먹을 게 뻔한 일이다.

"제가 그렇게 하면 의원님들은 안전하신 겁니까?"

"다는 못 살려도 살릴 수 있는 사람은 살릴 수 있지. 처벌해도 별 타격 없는 명단은 우리가 추려 봤소."

"다행이군요."

부회장은 배신감에 치가 떨렸지만 함부로 감정을 표현할 만큼 바보는 아니었다.

"하면 저에 대한 처벌은요?"

"어디 한명건설에 실력 좋은 변호사가 하나 없겠습니까. 최 부회장도 할 수 있는 만큼 해 보시지요. 만약 실형이 떨어진다 해도 특사, 가석방으로 곧 나올 수 있게 해 주겠소."

부회장은 이것이 정치권이 해 줄 수 있는 마지막 배려라는 걸 알았다.

"그러려면 공정위 심기를 너무 거스르지 않는 게 좋을 거요. 그쪽에서 과징금 부과하고, 징계하는 거 있음 다 받아들이시오."

부회장은 짧게 고민하다 말했다.

"알겠습니다. 대신 조건이 있습니다. 저는 이번 일 그냥 넘어갈 생각 없습니다. 당한 만큼은 갚아 줘야죠."

"무슨?"

"나중에 제가 그들에게 복수할 때, 아무것도 묻지 말고 저를 도와주십쇼. 의원님들께서도 당한 건 갚아야지 않겠습니까."

살기 가득한 말에 중진 의원도 더는 묻지 않았다.

맞는 말이다. 이대로 당하고만 있을 순 없다.

"알겠소. 성심껏 돕지."

의원을 보내고 난 후, 부회장은 입술을 깨물었다.

논절

"돈 받아먹은 놈들이 이럴 땐 꽁무니군."

"얘기가 잘 안 풀렸습니까?"

"집행유예 보장해 줄 테니 입 다물고 죽으라더군."

부회장은 권력도 돈으로 살 수 있다는 믿음이 한순간에 깨졌다.

꽁무니 빼기 바쁜 권력자들을 보면 허탈함을 넘어 무망감이 들 지경이다.

"비자금은 전부 내 사적 용도로 쓴 걸로 하래."

"무립니다. 리처드 팍이 다 불어서 계좌에 흔적이 다 잡혔습니다."

"뒷수습이야 그치들이 알아서 하겠지. 얘기 들어 보니 나만 협조하면 다 된다더구먼."

"설마 서울시장 하나 보호하자고 그런 무모한 부탁을 한 겁니까?"

"그렇겠지. 서울시장 무너지면 그다음은 공기관장들, 국회의원들이니까."

언론에 망신 주기 기사가 쏟아지고, 검찰의 반응이 서서히 차가워졌을 때부터 직감하긴 했다. 아군이라 믿었던 놈들이 거리를 두고 있다는 게.

"오히려 그게 잘된 일일지도 모르지. 비자금을 정치권에 뿌렸다는 것보단 차라리 내 사적 용도로 흥청망청 써 버렸다는 게 깔끔하잖아."

별것 아니란 듯 말했지만 부회장이 얼마나 큰 배신감과 무력감을 느끼고 있는지는 여실히 전해졌다.

하긴 그럴 수밖에 없다.

제아무리 재벌 총수라 해도 1천억대 비자금이 적은 돈인가. 숨겨 둔 애인이 10명에 원정 도박으로 500억 정도 썼다고 거짓말해도 액수를 맞추기 힘들다.

이와 별개로 부회장은 다른 충격도 얻었다.

그는 그룹 내 정상에 있는 자로 늘 자신을 대신해 희생양을 구하는 것에 익숙해 있던 사람이다. 정치권을 대신해 혼자 똥물을 뒤집어써야 할 판이니…… 처음 느껴 보는 굴욕감과 배신감일 것이다.

"공정위 새끼들이 이걸 노렸나? 대한전력 때 내가 한 짓 그대로 당해 보라고?"

"고정하십쇼, 부회장님. 그래도 보석 허가가 난 걸 보면 무조건 집행유예입니다."

"김 실장, 그 집행유예가 나한테 실형이고 감옥이야. 형 집행 동안엔 이 자리 넘겨줘야 하는데, 내가 지금 그걸 참아야 한다고."

아뿔싸.

본의 아니게 부회장의 치부를 건드려 버렸다. 한명그룹의 핵심 계열사인 건설.

입사 이래 부회장의 목적은 오로지 이 권좌를 차지하는 일이었고, 그 때문에 형제들과 왕자의 난을 펼친 게 한두 번 아니다.

어렵게 지켜 온 권좌를 한순간에 내주게 되었으니, 집행유예네 가석방이네 하는 소리가 들리지도 않을 것이다.

"부회장님, 주주들 반응은 걱정 마십쇼. 되레 이 사건으로 우리 우호 지분이 더 탄탄해졌습니다."

"뭐?"

"하청을 쥐어짜서 비자금 만들고, 그 비자금을 토대로 공사까지 따냈다. 모두 이 점을 높게 평가하더군요. 어차피 주주들은 회사를 성장시켜 줄 오너를 원하지 도덕적인 사람 원하지 않습니다."

부회장은 위안이 됐는지 피식 웃음을 지었다.

맞는 말이다. 주식시장은 냉정하다.

그룹 오너가 회사를 위해 한 위법적인 일은 열정 과다로 이해해 주고 넘어갈 것이다.

"그래 길게 봐야지."

"1천억대 비자금만 사재 출연해서 회사로 돌려놓으십쇼. 돈만 복구시켜 놓으면 법원의 처벌도 너그러워질 겁니다."

"일단 오늘은 나가 봐. 내 자산에서 현금화할 수 있는 거 있으면 모조리 다 처분하고. 아, 급하다고 내 지분 건드리면 안 돼."

"물론이죠. 좀 빠듯하지만 해외 부동산과 안전 자산 처분하면 이 돈 충분히 마련할 수 있습니다."

김 실장은 고개를 꾸벅 숙이며 부회장실을 나갔다.

부회장은 허망한 얼굴로 담배를 지져 껐다.

많은 생각이 머릿속에 스쳤고, 이 권좌에서 내려와야 한다는 부담이 앞섰지만 한 가지만 생각하기로 했다.

"반드시 되갚아 주마."

바로 공정위에게 당한 만큼 갚아 주는 것이다.

❧

[속보 - 최영석 부회장 자백]

공정거래
위원회

[일감 몰아주기 모두 시인, 모든 돈 사적 용도로 사용]

[반성 차원에서 개인 자산 매각, 비자금 내역은 사재 출연할 듯.]

보석 허가 이튿날. 충격적인 소식이 세간을 강타했다.

부회장이 모든 혐의를 인정하며 공정위의 처분을 받겠다고 한 것이다. 하지만 뜨뜻미지근한 반쪽짜리 자백이었다.

[서울시장 연루 의혹은 모두 부정]

[자신의 사적 용도로 사용]

1천억이 넘는 모든 돈을 다 자신의 사적 용도로 사용했다고만 말했다. 이와 관련한 공기관장 및 국회의원 모두 검찰과 공정위의 그물망을 빠져나가 버렸다.

"검사님, 어떻게 되어 가고 있나요?"

"어설프게 꼬였습니다. 이놈들이 전략을 바꾼 것 같네요."

"뉴스 보니까 최영석 부회장이 사적 용도로 썼다고 우기는 것 같던데……."

"네. 취조를 아무리 해도 똑같은 말만 되풀이합니다. 자기는 돈 준 적 없대요."

담당 검사는 답답한지 넥타이를 풀어 헤쳤다.

"그건 말이 안 되잖아요. 박상수가 돈 오간 흔적까지 다 제출해 줬는데."

"그거 다 차명으로 주고받아서 깊게 파악할 순 없습니다."

"그럼 이대로가 끝입니까?"

"애석하게도 법이 그렇습니다. 살인 사건 나도 범행 도구 못 찾으면 증거불충분이에요. 이건 더더욱 죄를 묻기 힘들 겁니다."

현 상황은 준철에게도 의외였다.

최영석 부회장은 절대로 혼자 죽을 사람이 아닌데, 폭탄을 끌어안고 자폭 스위치를 눌러 버릴 줄이야.

정치권이 거리를 두고 있다는 것쯤은 눈치챘지만, 이 정도면 거의 손절을 당한 것 같다.

'아니지. 이게 서로를 위해 더 깔끔한 거네.'

하긴 현 상황에서 로비 자금까지 밝혀지면 더 큰 풍파가 닥치지 않나.

차라리 그 비자금을 개인적인 용도로 썼다고 둘러대는 게 더 모범 답안일지도 모른다.

"그럼 부회장 하나만 처벌해야겠군요."

"그 처벌도 우리가 원하는 수준까지 나올진 모르겠습니다. 부회장이 1천억대 비자금 모두 회사에 돌려놓겠다고 밝혔거든요."

"……처벌이 많이 가벼워지겠네요."

"잘해 봤자 집행유예 3년? 저는 딱 그 정도 보고 있습니다."

준철도 담당 검사를 더 이상 채근할 수 없었다. 다른 놈이 이런 말 했다면 줄 댔냐, 위에서 압력 내려왔냐 따졌겠지만. 같은 나이 또래의 이 젊은 검사는 부회장 앞에서 깽판을 치다 부장검사한테 쪼인트까지 까인 인물이다.

"저도 좀 허무하네요."

"괜찮습니다. 어느 정도 예상하고 있던 일인데요."

"공정위는 과징금 얼마나 때리실 겁니까?"

"계산해 보니 한 180억이 최대치일 것 같습니다."

"그럼 그냥 200억 불러 버리세요."

"예?"

"저것들 지금 상황에서 과징금 거부 절대 못 합니다. 부르는 게 값이죠. 어차피 실형 물 건너간 거 10원 한 장이라도 더 뜯어냅시다."

모처럼 죽이 잘 맞는 검사를 만나 준철도 기분이 좋았다.

"듣고 보니 그러네요. 200억으로 하죠. 근데 검사님, 오늘 부회장 마지막 심문이죠?"

"네. 하도 꾀병을 부려 대서 이제 심문도 더 못 하겠습니다. 못 한 말은 법정에서 해야지."

"그럼 그거 제가 마지막으로 들어가도 될까요?"

"아, 같이 가실까요."

준철이 고개를 저었다.

"한 번만 부회장과 독대할 수 있을까요?"

"독대요?"

"네. 꼭 하고 싶은 말이 있어서. 카메라랑 녹취 끄고 하겠습니다."

"무슨 얘기기에 녹취까지……."

"별 얘긴 아니고 하청 사장님들이 꼭 좀 전해 달란 얘기가 있어서 그럽니다. 솔직히 제일 원통한 건 그분들이잖아요."

얼마간 생각하던 검사가 입을 열었다.

"까짓것 그럽시다. 어차피 취조실 가 봤자 했던 말 반복하는 수준인데."

취조실에 들어서니 부회장이 싸늘한 얼굴로 노려봤다.

"오늘은 왜 검사님이 안 오시고 본인이 오셨습니까?"

"최영석 씨가 앵무새처럼 했던 말만 반복한대요. 하나 마나 한 심문이라고 제게 시간을 양보해 주셨습니다."

"그럼 아픈 사람 그냥 보내 주시죠. 어차피 이젠 법정에서 가릴 일만 남았는데."

부회장은 담담한 어조로 말했지만 들끓는 분노를 다 숨길 순 없었다.

"아픈 사람? 그 다발성 어쩌고저쩌고 하는 병 말입니까?"

"경우 없이 행동하지 마세요. 병은 병이고, 죄는 죕니다.

내 병환까지 웃음거리로 삼지 마시죠."

"검찰에 출석할 때만 휠체어 타는 총수가 어디 한둘이에
요? 그러지 말고 우리 허심탄회하게 얘기해 보시죠."

준철은 취조실 거울과 카메라를 가리키며 말했다.

"녹취는 모두 껐습니다. 진짜 단둘이 얘기해 볼까요?"

"이보세요! 왜 자꾸 의뢰인과 변호사를 떼어 놓으려고 하
는 거요. 당신 수상해."

"이런 분위기 싫으니까 둘이서 보자는 겁니다. 어때요?"

준철이 재차 묻자 부회장이 고개를 돌렸다.

"나가 봐. 단둘이 얘기하지."

"하지만……."

"이쪽도 불법 녹취가 효력 없다는 건 알겠지. 만약 알면서
도 그런다면 김 변호사가 이 사람 옷 벗길 수 있잖아."

이건 들으라고 하는 소리다.

변호사가 무거운 궁둥이를 들고 나가자 그가 슬며시 입을
열었다.

"꼭 두 사람이서 해야만 할 오붓한 얘기가 뭐요?"

"당신의 반쪽짜리 진술은 아무도 안 믿어. 천억대 비자금
을 여의도에 한 푼도 안 뿌렸다는 걸 누가 믿겠어."

"그래서? 나랑 단둘이 얘기하면 거기에 대한 자백이 나올
까 봐?"

"아니, 무덤까지 묻어 둬. 어차피 다 밝혀 낼 생각도 없었으

니까. 다만 손절당한 기분이 어떤가 싶어서 물어보려 왔어."

"뭐?"

"돈 받을 땐 발 벗고 나서 줄 것 같던 의원들이 나 몰라라 하는 기분. 무척 비참할 것 같거든. 당한 기분이 어때?"

쾅―!

"이 자식이 보자 보자 하니까."

"거 보쇼. 휠체어 타도 소용없다니까. 혼자서도 잘 일어나는 분이 왜 불편한 거 타고 다녀요."

"오냐, 잘 아는구나. 그럼 한 가지 더 말해 줄까? 네들 아무리 용써 봤자, 나 어차피 집행유예로 풀려나."

뼈아픈 사실이다.

유전무죄 무전유죄는 아직도 대한민국에서 유효한 말이다.

"나도 실형까진 안 바라. 근데 당신 집유 기간 동안엔 부회장 자리 유지 못 하잖아. 그거면 충분한 처벌이 되지 않을까?"

놈의 얼굴이 다시 굳어졌다.

"그 기간 동안 누가 한명건설을 차지하게 될까. 아, 어제 보니까 한명제약이 갑자기 테마주로 등극했던데. 주주들은 벌써부터 오너 바뀐다고 기대하나 봐."

"그럼 나도 하나 말해 주지. 공정위가 안 그래도 미운털이 많이 박혔더군. 게다가 이번 사태로 적잖은 사람들이 너희한테 위기감을 느끼고 있어. 하나같이 권력자들이지."

부회장은 숨을 고르며 자리에 앉았다.

"근데 과연 털어서 먼지 안 나는 사람 있을까? 너뿐 아니라 미친 망아지 새끼 다루지 못했던 위에 놈까지 탈탈 털어 줄 거다."

부회장은 비스듬히 웃었다.

"그때 가서 아무리 후회한들 소용없어. 네들이 이렇게 만든 거니까. 나는 당한 거 이상으로 갚아 줄 거야."

대놓고 하는 협박에 준철도 마냥 웃을 순 없었다.

"기대가 되는군."

준철은 그리 말하며 서류 하나를 내밀었다.

"부당 계열사 지원. 한명건설에 대한 과징금은 200억으로 떨어질 거요. 불만 있으면 행정소송 해 봐요."

겨우 200억 과징금으로 이놈과의 악연을 끝낼 생각 없다.

호락호락하지 않은 상대라는 걸 오늘 다시금 느꼈다.

❡

성에 안 차는 결과지만 사태는 수습 국면에 들어갔다.

이튿날 주가 공시엔 최영석 부회장의 사퇴 소식이 올랐다. 책임을 통감한다는 진부한 멘트였지만 영원히 은퇴하겠단 언급은 없었다.

검찰과 지루한 법적 공방을 펼치기 전에 신변 정리를 한 것이다.

−자진 사퇴 하는 거 보니 무죄 자신은 없나 보네?
−얼마나 해 처먹은 거냐? ——
−이걸 또 3심까지 끌 거지? 머릿속에서 잊힐 때까지.

사람들도 바보는 아니어서, 그의 사퇴가 사실상 유죄 인정
이란 걸 모르지 않았다.
"와− 반장님. 최영석이가 바로 사퇴해 버리네요. 그만큼
재판 자신 없다는 거겠죠?"
"말해 뭐 해. 이미 다 들통난 마당에."
"여론 분위기는 더 험악해졌어요. 이거 잘만 하면 실형도
가능하지 않습니까?"
김 반장은 고개를 저었다.
"저것들은 사람 죽여도 집행유예야. 사퇴도 봐. 주총 열어
서 해임을 시켜야지 왜 사퇴를 수리해?"
"하긴. 오너가 아니라 일반 경영인이면 내부감사까지 벌였
을 텐데."
"저건 나중에 돌아오겠단 뜻이야."
두고 볼 것도 없다. 집유 끝나면 슬그머니 돌아와 있을 것
이다.
"억장 무너지네요. 진짜로 힘들게, 힘들게 잡은 건데."

공정거래
위원회

"너무 그러지들 마세요. 그래도 쉽게 돌아오진 못해요."

대화를 듣던 준철이 한마디 거들었다.

"부회장이 저 자리 집어던진 건 사실상 실형이나 다름없어요."

"그래도 진짜 실형하곤 다르죠. 그리고 그 비자금 분명 정치권에 뿌렸을 텐데 아직도 아니라고 우기잖아요."

"맞아요. 이건 완전히 꼬리 자르기야."

동감하는 바다. 진짜 중요한 건 그 비자금을 왜 만들었는지, 누구에게 뿌렸는지인데 아무것도 잡지 못했다.

그래도 꼬리라고 하기엔 좀 깊게 찌르지 않았나? 머리는 아니어도 최소 뒷다리까진 잘랐다고 생각한다.

"잠시만. 이제 곧 기자회견 하겠다."

한창 수다 삼매경에 빠졌을 때, 한명그룹이 예고한 3시가 다가왔다.

한명그룹은 그룹 차원에서의 기자회견을 열었다. 해당 사태에 대한 첫 입장 발표였다.

약속한 시간이 다가오자 정장을 입은 익숙한 사내가 강단에 올랐다.

―안녕하십니까, 국민 여러분. 한명제약의 최기석 상무입니다.

차남 최영석이 처음으로 기자들 앞에 선 것이다.

—먼저 일렬의 사태에 대해 국민 여러분들께 사죄드립니다. 그룹 내부에서 파악한바, 최영석 부회장은 자신의 사적 용도를 위해 허위 법인을 세웠고, 그 법인에 일감을 몰아주었습니다.

이는 명백한 비자금 조성으로 국민 여러분들께 변명할 여지가 없는 일입니다. 최영석 부회장은 이 일에 책임을 통감하여 그룹 모든 직급에서 사퇴, 남은 재판에서 최선을 다해 임하겠다고 밝혔습니다.

그의 원고가 넘어갔다.

—또한 저희는 부당 계열사 지원에 관한 법률에 의거, 공정위에게 과징금 200억을 부과받았습니다. 저희는 모두 승복했고, 과징금은 최영석 부회장의 사재로 납부할 것임을 알립니다.

그룹 차원에서 돈이 나가지 않는 걸 확인시켜 주는 것이다.

부회장의 일탈로 이미 주가가 미친 듯 빠졌으니, 주주들에겐 다행이라면 다행인 소식이었다.

—다시 한번 죄송합니다.

참으로 진부한 내용들이지만 이쯤에서 만족해야지 않을

공정거래
위원회

까.

그룹에서 크고 작은 사건이 터질 때마다 늘 앞장서서 언론 발표를 해 왔던 게 부회장이다. 차남 최기석이 전면에 나선 건 처음 있는 일.

지금 이 순간 가장 피가 마르는 건 부회장일 것이다.

"흐흐. 반장님. 한명건설 주가 보세요. 사퇴 발표하니까 바로 10% 빠지는데요."

"근데 한명제약은 갑자기 테마주로 등극했어요. 얼레리? 갑자기 상한가 쳤네."

"한명그룹의 지배 구조가 바뀌게 될 거란 기대감 때문이겠지."

"이야– 진짜 이러다 경영권 넘어가는 거 아닌가."

공식 성명이 끝나자 반원들이 키득키득 웃었다.

주식이란 참 오묘하다. 부회장의 경영권이 흔들리니 바로 다른 곳으로 줄을 서 버린다. 물론 최영석 부회장은 우호 지분이 탄탄해 이번 한 번으로 경영권이 날아가진 않을 것이다. 그래도 치명상을 입은 건 확실해 보인다.

"반장님, 저희 미팅 언제인가요?"

"아, 이제 다 모이셨겠네요. 지금 가실까요?"

"네."

준철은 무표정한 얼굴로 일어섰다.

그래도 만족할 만한 조사 결과지만 한 가지 중요한 게 빠졌다. 바로 이 사건의 진짜 피해자들.

$$\diamond$$

국민들의 모든 관심은 비자금이었고, 이를 어디에 뿌렸는 지였다.

한명건설의 사과 성명도 비자금을 만들어 죄송하다였지, 다른 입장 표명은 없었다.

그 과정에서 두 번 죽은 사람들도 있었다.

바로 일감 몰아주기의 피해자인 하청 사장들. 이유 없이 일감을 뺏기고 삶의 터전을 잃었지만 아무런 사과도 동정도 못 받은 불쌍한 사람들이다.

결국 이들이 벌어야 할 돈으로 비자금을 만들고, 정치권에 뿌렸는데 말이다.

"팀장님! 감사합니다!"

그래서 못내 미안하고 무슨 말로 위로를 해야 할지 몰랐는데.

문을 열고 들어서니 예상외로 격한 환영이 쏟아졌다.

"최영석이가 완전히 빤스바람으로 도망쳤더군요."

"그놈 새끼 부회장 물러나게 만든 건 사실상 재판 자신 없단 뜻이죠?"

"혹시 실형도 가능합니까?"

이들은 10년 묵은 체증이 내려간 것처럼 후련해 보였다.

"실형은…… 모르겠지만 유죄는 확실합니다."

"집유는 몇 년이나 나올까요?"

"못해도 2년입니다."

"그럼 최소한 2년 동안은 부회장직 유지 못 한단 뜻이네요?"

"네. 돌아와도 예전 같지는 않을 겁니다."

하청 사장들은 그래도 현실 파악이 빠른 사람들이었다.

불구대천 원수가 집행유예로 빠져나가면 절망하기 마련이건만. 이들은 이미 현실적으로 처벌 수위를 예상하고 있었고, 실망한 기색도 없었다.

준철은 콧잔등을 훔치며 조심히 말을 꺼냈다.

"먼저 위로의 말씀을 드리고 싶습니다. 한명건설이 입장 발표에서 사과 한 번은 할 줄 알았는데, 모른 체하더군요."

"어휴– 그것들 눈에 우리가 인간으로 보이겠어요. 기대도 안 했습니다."

"팀장님이 사과하실 거 없습니다."

준철은 서류를 내밀었다.

"그래도 보상은 받으셔야죠. 오늘 한명건설이 부당 계열사 지원 혐의 인정하고 과징금도 납부하겠다 했습니다."

"이게 뭡니까?"

"사장님들께서 하실 수 있는 민사 절차예요."

"저희가 소송을 해요?"

"네. 자기들 입으로 부당 계열사 지원했다 밝혔으니 대가도 치러야죠. 물론 피해액에 대해 전액 보상받을 순 없을 겁니다. 그래도 꼭 부분 배상이라도 받아 내세요."

마음이 아팠다.

한명건설 하나 믿고 생산 설비 늘렸다 파산한 업체들. 직원들 해고한 하청. 이것들을 다 어떻게 보상할까.

일감 몰아주기는 김성균으로 살 때 밥 먹듯이 하던 갑질이다. 그래서 더 마음이 괴로웠다.

하지만 이런 미안함이 무색하게, 이들은 두 손을 덥석 잡으며 연신 고개를 숙였다.

"고맙습니다, 팀장님!"

"……."

"솔직히 어떤 공무원이 우리 같은 놈들한테 이런 거까지 알려 주겠어요."

"맞아. 딴 놈이었으면 이거 아예 진행도 안 시켰어."

"저희도 이거 다 배상받을 욕심 없어요. 부분 배상이라도 받으면 많이 건진 거지."

준철이 머리를 긁적였다.

"그리 말씀해 주시니 감사하네요."

"꼭 팀장님 말씀대로 진행해 보겠습니다. 다시 한번 이 사건 신경 써 주셔서 감사합니다."

하청 사장들은 상기된 얼굴을 감추지 못했다. 그 뒤 고맙단 인사가 또 수십 차례 이어졌고, 한참이 지나서야 그들이 떠나갔다.

그렇게 혼자 남게 되니 준철의 눈가가 시큰해졌다.

이들에게 고맙다는 말을 들을 군번이 되는가.

"저도 고맙습니다. 그리고 죄송합니다."

낮게 읊조리며 서류를 정리했다.

이 죄를 씻으려면 아직 가야 할 길이 멀었다.

"예? 진급요?"

"뭘 그렇게 놀라. 징계가 아니라 진급이야."

사건을 마무리 짓고 올라간 과장실.

종합 보고를 올리러 가던 참이었다. 이렇게 갑작스레 진급 소식을 듣게 될 줄이야.

오 과장은 준철의 반응이 재밌는지 빙긋 웃었다.

"네가 사고만 안 쳤어도 더 빨리 전해 줬을 거야."

"그럼…… 얘기가 다 끝난 겁니까?"

"응. 국장님께서 특별 추천해 주셔서 무리 없이 심사 통과됐다. 내년 1월에 본청 기획 조정관으로 갈 거다. 알지? 여기 요직인 거. 한 달 남짓 남았으니 미리미리 인사해."

오 과장이 내민 진급 서류.

그제야 본청 기획관 4급 과장으로 발령 났다는 게 실감이 났다.

"뭐냐? 방방 뛰면서 좋아할 줄 알았더니. 본청 가기 싫어?"

"아, 아닙니다. 그보단 너무 갑작스러워서."

원래 진급은 다 갑작스러운 거다.

하지만 이런 반응을 보이는 놈은 흔치 않다.

"싫은 건 아니지?"

"네. 물론이죠."

말은 그리했지만 속내는 복잡했다.

이제 겨우 5급 사무관으로서 자리를 잡아가는 단계 아닌가.

최영석 부회장을 처음 만났고 놈에게 작은 잽도 날렸다. 이제부터 본격적으로 놈과 시작하려던 찰나에 진급이라니…… 뭘 어떻게 받아들여야 할지 모르겠다.

"표정은 별로 반가운 기색이 아닌데?"

"……."

"야, 내가 진급 소식 전해 주면서 이렇게 민망한 적은 처음이다. 대체 뭐냐?"

"아니 정말 놀라서 그런 겁니다. 죄송합니다."

준철은 애써 웃음을 보였다.

하긴 갑작스럽긴 하다만 꼭 필요한 진급 아닌가.

팀장의 역할엔 한계가 있다는 건 진작 실감할 수 있었다. 이번 사건만 하더라도 만약 내가 과장이나 국장급이었다면, 정치권과의 청탁 관계도 밝혀낼 수 있지 않을까 하는 미련도 들었다.

"국장님이 섭섭하시겠군. 신경 많이 써 줬는데."

"제가 춤이라도 춰 볼까요?"

준철이 어깨를 으쓱하자 오 과장이 만류했다.

"징그럽다. 그 꼴은 나중에 보자. 그나저나 이번 사건, 국장님께서 얼마나 신경 써 주셨는지 알지?"

"넵."

"여의도 의원들한테 하도 전화가 와서 번호를 바꿨는데, 그 바꾼 번호까지 알아냈대. 그 정도면 할 수 있는 거 다 해 주셨다."

말하지 않아도 그 고마움엔 눈물이 날 지경이었다.

실로 어버이 은혜 같지 않았나.

금배지들이 줄지어 찾아왔을 때도 국장님은 흔들림 없이 조사를 진행하라 했다. 연루 명단을 언론에 뿌려 망신을 주라고 지시한 것도 국장님이다.

만약 김 국장이 외압을 막아 주지 않았더라면 절대로 이 사건은 진행 못 했을 거다.

"진짜 많은 걸 감수하신 거야. 당신 재임 자료까지 털겠단 협박을 받았는데도 이 사건 진행시킨 거야."

그건 그만큼이나 자신 있단 뜻이기도 하다.

"나중에 꼭 따로 인사드려라. 내가 본 국장님은 원래 이렇게 정 안 주시는 분이야."

"네. 좋은 자리에서 꼭 인사드리겠습니다."

오 과장이 흐뭇하게 웃었다.

"고생했다, 이 팀장. 아니지, 이제부터 이 과장이라 불러야 하나?"

"그래 주시면 고맙죠. 하하. 앞으로 더 열심히 일하겠습니다."

준철은 인사하고 자리를 나왔다.

보복, 시작

최영석은 한명 그룹의 사과 성명을 시청한 뒤 한동안 곡기를 끊었다.

그룹의 대소사는 모두 자신의 입을 통해 발표되지 않았나. 명실상부 한명 그룹의 후계자였던 그는 이제 사옥에 얼씬도 못 하는 불청객이 되고 말았다.

"최 상무가 인사 발령을 냈다고?"

"네. 부사장과 이사 두 명을 교체했습니다."

"당연히 그놈 똘마니겠지?"

"그렇습니다."

부회장은 입술을 깨물었다.

권한대행으로 부임한 둘째가 임원 세 명을 자기 사람으로 앉혔다. 후계 구도를 노리고 있단 뜻이며, 이 싸움은 꽤 길게 이어질지도 모른다.

"너무 염려 마십쇼. 부사장은 어차피 은퇴할 사람이었고, 나머진 한직입니다."

"그게 시작이겠지. 난 기석이 놈의 야망을 알아. 이젠 저 집무실을 나한테 안 주고 싶을걸."

"그렇다고 제집 안방처럼 활개 칠 순 없을 겁니다. 우호 지분은 아직 우리에게 유리하죠. 사태를 얼른 수습하는 게 급선무 같습니다."

부회장은 어지러운 생각을 떨쳐냈다.

이 지옥 같은 시간에서 벗어나려면 재판을 먼저 빨리 마무리 지어야 한다.

옆에 앉아 있던 변호사는 헛기침을 하며 서류를 꺼내 들었다.

"이게 저희 공판 전략입니다. 어차피 다 들킨 마당에 말 길게 오가서 좋을 거 없죠."

"2, 3심까지 끌지 말라는 건가?"

"네. 1심에서 모든 죄 자백하고 선처를 부탁하겠습니다. 형량은 집유 2년에 사회봉사 60시간 정도로 끝날 겁니다."

"사회봉사라. 내가 보육원에서 똥 기저귀 몇 번 간다고 상황이 크게 달라질까."

"진부하지만 늘 먹히는 방법이죠. 그런 모습이라도 보여야

공정거래
위원회

국민들도 안쓰럽게 봐줄 겁니다."

쪽팔리지만 수긍하는 수밖에 없다.

물의를 일으킨 재벌들의 필수 코스 아닌가.

"보육원이 마음에 안 들면 노숙자 무료 급식 봉사도 있습니다."

"기왕 할 거면 사진 가장 잘 나오는 걸로 해 보지."

"네. 그리고 가장 중요한 문제는 비자금을 돌려놓는 건데……."

"그건 약속대로 내 사재 출연 할 거야. 김 비서, 일주일 안으로 정리할 수 있지?"

우길 것도 없고, 따질 것도 없었기에 재판 전략은 쉽게 마무리되었다.

판사 앞에서 가장 불쌍한 얼굴로 선처를 바라는 게 전략의 전부다. 자필 서명이 필요한 몇 가지 서류만 작성했고 변호사가 자리를 일어났다.

"아, 근데 김 변호사. 나 궁금한 게 있는데 말이야."

"말씀하십쇼."

"집유 2년 끝나고 나면 나 무조건 저 자리 복귀해야 돼. 무슨 말인지 알지?"

"주총을 열어 정식 해임된 것도 아니고 자진 사퇴 하셨으니 복귀는 아무도 딴지 걸지 않을 겁니다."

"그동안 최 상무가 미친 짓 좀 안 했으면 좋겠는데."

"우회적으로 경고 한번 하겠습니다. 더 이상 인사 발령 가지고 장난질 못 할 겁니다."

우회적인 경고, 이건 최 상무의 약점을 가지고 협박하겠단 뜻이다.

더러운 짓은 서로 많이 하고 살았으니 눈치를 안 볼 수 없다.

변호사가 꾸벅 인사를 하고 나가자 부회장이 김 실장에게 눈을 돌렸다.

"김 실장. 난 속이 좁아 그런지 이 굴욕이 잘 안 잊히네?"

"최 상무도 바보가 아닙니다. 우리가 무슨 약점을 쥐고 있는지 잘 알 겁니다."

"기석이 얘기가 아니야. 공정위 그것들이 한 짓은 되갚아 줘야 성미가 풀리겠다고."

"……부회장님. 심정은 알지만 당분간은 자중하는 게 좋을 것 같습니다."

희번덕 돌아간 눈.

김 실장은 이게 무얼 의미하는지 잘 알고 있었다. 부회장은 이렇게 눈이 돌아갈 때마다 꼭 피를 보는 인간이다.

"참고만 있다간 내가 화병으로 돌아가시겠는데."

젠장. 왜 불운한 예감은 틀리는 법이 없을까.

초점 없는 부회장의 눈빛이 모든 걸 말해 준다. 놈들에게 복수하기로 이미 결심이 섰다는 것을.

공정거래
위원회

"풋내기 팀장 놈이 설치고 다니는 것까진 이해할 수도 있어. 정의감 넘치는 초임 검사, 기수마다 있잖아?"

"……."

"그럼 적당히 세상 물정 아는 놈이 말렸어야지…… 왜 윗놈들이 아무런 조치도 취하지 않았을까."

부회장의 분노는 자신을 칼질한 준철에게 향한 것이 아니었다. 중간에서 충분히 무마할 수 있었는데 그 조치를 취하지 않은 놈, 바로 김태석 국장인 것이다.

"김 실장, 그놈 한번 털어 봐. 김태석 국장이라는 놈."

"……재임 자료 말씀이십니까?"

"그래, 그 자리까지 올라가면서 먼지 한 올 안 붙었겠어? 흔적 다 뒤져. 얼마나 깨끗하게 살았는지 보자."

"부회장님. 전략실에서도 그 애길 안 해 본 건 아닙니다. 한데 그자는 정말 나오는 게 없더군요. 오히려 과잉 조사로 역공을 당했으면 당했지, 불미스럽게 덮은 사건은 없었습니다."

"그럼 불미스러운 자료라도 가져와."

김 실장은 무릎을 꿇어서라도 만류하고 싶었지만 말을 아꼈다. 이미 복수심에 불타 이성을 잃은 부회장의 모습이 보였기 때문이다.

이성을 잃은 상관을 만류하는 건 신뢰만 잃는 일이다.

"알겠습니다. 한번 알아보겠습니다."

김태석 국장.

부임 4년 차로, 종합국에서만 16년의 경력을 쌓아 온 인물.

진급을 위해 잠깐 본청에서 일한 경력 말곤 모두 종합국에서 지냈다.

본디 공정위에서 종합국은 한직에 가깝다. 그래서인지 김 국장의 약점을 찾기란 쉽지 않았다.

출세 욕심이 없으니 딱히 줄을 댄 흔적도 없고, 외압에서도 자유로웠던 것이다.

재임 시절 문제 된 몇 가지 자료도 수사를 덮은 흔적이 아니라, 과하게 조사해서 역공을 당한 흔적뿐이었다. 하지만 털어서 먼지 안 나오면, 먼지를 뿌려 버릴 수도 있다.

김 실장은 밤낮으로 조사해 그나마 문제 될 만한 사건 하나를 부회장에게 가져왔다.

"먼저 말씀드리자면 이력은 깔끔했습니다. 청탁이나 사건 무마는 찾아볼 수 없었습니다."

"그게 끝?"

"다만 사안에 따라 오해를 살 수도 있는 몇 가지 사건이 있었습니다. 그리고 건드려선 안 될 집단을 건든 적도 있더군요."

건드려선 안 될 놈?

서류를 받아 든 부회장 눈에 생동감이 돌았다.

"뭐야? 이놈이 대한변협을 건드렸어?"

"네. 1년 전에 대한변협과 공정위가 크게 한 번 싸운 적이 있더군요."

"뭔 사건이지?"

"법톡이라고 변호사를 중개해 주는 어플 하나가 있었습니다. 사이트 특성상 변호사끼리의 경쟁을 촉진할 수밖에 없는데, 대한변협이 여기에 제동을 걸고 나섰습니다."

법톡은 '의뢰인과 변호사를 더 가깝게'라는 모토로 출발한 신생 기업이었다. '법'이란 게 끼어 있어 거창한 회사처럼 보이지만 실상은 전형적인 중개 사이트에 지나지 않았다.

하지만 변호사 수가 폭발적으로 늘어나며 해당 기업도 폭발적인 성장세를 맞게 됐다. 그간 변호인과 의뢰인이 가까울 수 없었던 이유의 90%가 돈 때문이었는데, 수임료 경쟁이 시작되며 몸값이 떨어진 것이다.

변호사 몸값이 하루아침에 떨어지자, 한국변협도 더 이상 눈 뜨고 당할 수만은 없었다.

그들은 공정한 수임 질서를 무너뜨린단 이유로, 법톡에 가입한 변호사들을 무더기로 징계시켰다.

"3심까지 간 걸 보니 치열하게 싸웠구먼?"

"네. 근데 그 판을 깬 게 공정위였습니다."

서류가 다음 장으로 넘어갔다.

"공정위가 법톡 편을 들어줬거든요. 한국변협의 징계는 시장 질서를 제한하는 행위로 판단, 모두 경고를 때렸습니다."

첨예하게 대립하던 법톡과 변협의 싸움은 변협의 완벽한 패배로 끝났다.

공정위는 변협의 징계가 시장 질서 저해 행위로 판단했고, 이를 법무부에 전달한 것이다. 이는 3심 판결에서도 반영되어 결국 법원도 법톡의 손을 들어주었다.

그걸 주도한 게 바로 김태석 국장이었다.

"흐하핫. 이 미친놈."

부회장은 함박웃음을 지었다.

"판검사도 옷 벗으면 변호산데, 세상에 건드릴 놈들이 없어 변협을 건드려? 그래도 일관성은 있구만."

"……부회장님. 근데 3심에서도 법톡 승리로 끝났습니다."

"됐어, 그러니까 변협이 공정위한테 이를 갈고 있다는 거잖아? 우린 그 분노만 이용하면 돼."

없는 죄야 만들면 되는 일.

부회장의 머릿속이 빠르게 돌아갔다.

"이건 청탁이야. 그치?"

"……예?"

"김태석이가 기업한테 청탁받고 손을 들어준 거라고."

부회장에게 진실은 중요하지 않았다.

그럴듯한 얘기, 그거면 된다.

**공정거래
위원회**

"어이구야. 난 단순히 옷만 벗기고 끝내려 했는데 잘하면 콩밥까지 먹일 수 있겠어. 하긴 내가 당한 거 다 갚아 주려면 그 정도는 돼야지."

"어쩌실 계획인지……."

"의혹 하나만 제기해. 공정위가 기업 청탁을 받고 편을 들어줬다고."

의혹. 이럴 땐 참 편리한 단어다.

아니면 말고라는 기적의 논리가 통용될 수 있으니 말이다.

"사실 김 국장은 고위 공직자라 1년마다 재산 등록을 했습니다. 저희도 한 차례 봤는데 그런 흔적은 없었습니다."

"없으면 됐어. 근데 누구나 한 번쯤 의심해 볼 만하잖아."

"……."

"어차피 그놈 정치권에 미운털 잔뜩 박혀 있다. 우리가 군불 좀 때 주면 어련히 다 알아서 정리될 거야."

여의도와 청와대는 열렬히 환영해 줄 것이다. 제멋대로인 망아지 새끼 버릇 고쳐 놓을 수 있는 절호의 기회다.

유죄 입증? 그딴 건 사실 바라지도 않는다.

의혹을 제기하는 과정에서 놈의 명예가 땅에 떨어질 것이다. 이건 의혹이 해소돼도 복구할 수 없다.

김 실장은 보고를 올린 자신이 후회스러웠다.

식음을 전폐하며 생기 하나 없던 얼굴에 만연한 웃음이 걸렸다. 구체적인 계획까지 말하는 걸로 보아 막을 수 없는 일이란 걸 직감했다.

"아무래도 조력자가 많이 필요하겠군."

부회장은 새로운 장난감을 발견한 어린애인 양 웃었다.

"정치권 인사는 내가 만난다. 이 사건 들어가면 감사원에서 바로 김태석이 칼질 할 거야."

"……네."

"감사원이 움직이면 바로 김태석이 직무정지 시킬 수 있어."

부회장은 이렇게 올곧은 캐릭터에 대해 잘 알았다.

이런 부류는 명예를 목숨보다 소중하게 생각한다. 자신이 의혹을 받고 있단 사실, 그것 때문에 조직 전체가 위태롭단 사실을 받아들이지 못한다.

보통 놈이라면 그 상태에서 사직서를 제출할 것이다.

"……딱 거기까지만 하실 생각인지요."

"그럴 거면 뭐 하려고 칼을 드나. 난 해임으로 끝낼 생각 없다. 콩밥은 아니어도 내가 당한 집행유예는 이놈도 받아야 돼."

무시무시한 생각이 든다.

국회의원들이 나서 주면 없는 죄도 만들 수 있으니.

"김 실장, 내일 변협 가서 얘기 좀 나눠 봐."

"무슨 말씀을 전할까요."

"이거 아무래도 수상쩍어 보이는데, 공론화 한번 시켜 보

공정거래
위원회

라고. 돈 필요하면 말해. 내가 사재를 대서라도 이거 크게 키워 준다."

변협도 이 제안을 거절하지 않을 것이다.

공정위 때문에 몸값이 반토막 났는데, 누구보다 이를 갈지 않겠나. 아마 수임받은 사건도 제쳐 놓고 달려와 줄 것이다.

"알겠습니다."

❧

한국변협 고석춘 회장은 심드렁한 얼굴로 김 실장을 맞았다.

천하의 한명 그룹도 변협에겐 바이어일 뿐이다.

재계엔 수많은 기업이 있고 한명 그룹과 소송을 펼쳐 본 변호사도 많다.

저자세를 보일 이유가 없다.

"오랜만에 뵙는 것 같습니다. 고 대법관님."

"허허. 개업한 지가 언젠데. 고 변호사라 불러 주시오."

"그래도 어찌 감히. 일반 변호사와 전관 변호사가 같을 순 없죠."

"김 실장. 나 오늘 접대받으러 온 거 아니요. 우리 변협과 관련한 용건이라 해서 나왔지. 깔끔하게 그냥 고 회장이라 불러 주시구려."

고 회장은 대화가 감상적으로 흘러가자 단칼에 잘라 버렸다.

그는 사실 이 자리가 마뜩지 않았다. 한명건설이 공정위에게 한 방 먹었다는 건 공공연하게 알려진 사실 아닌가.

그런 놈들이 대뜸 연락해 법톡 사건을 운운한다. 불순한 목적이 훤히 보이니 고운 소리가 나가지 않는다.

"본론 꺼내기 힘들면 내가 먼저 말해도 되겠소?"

"네. 말씀하시죠."

"우리한테 그 자료 보내 준 의도가 뭐요."

직설적인 물음에 김 실장이 목을 축였다.

"다른 의도는 없습니다. 공정위가 법톡의 청탁을 받고 편을 들어줬다, 이게 전부죠. 저희가 드린 자료엔 김태석 국장의 자산 내역도 있습니다. 급격하게 불어난 흔적도 보셨습니까?"

"허허. 우리라곤 그자의 뒷조사를 안 해 봤겠나. 근데 그 돈은 김 국장 장인이 돌아가시며 남긴 유산이야."

"몇 개 더 있습니다. 모친이 돌아가셔서 남긴 유산, 그리고 아파트를 두 채 가지고 있었는데 집값이 올라서 생긴 재산."

고 회장 입에서 한숨이 나왔다.

"그건 너무 치사한 거 아니오. 우리도 그자에게 감정이 좋진 않지만 무리한 의혹 제기하고 싶진 않아. 요즘 세상에 집값 올라서 떼부자 된 사람이 한둘도 아니고."

"핵심은 그게 아니라 그런 것까지도 문제 삼을 수 있음을 말씀드린 겁니다."

"그러니까 그 사람 먼지 터는 이유가 뭐요. 우리 분노를 이용하겠다 아닌가."

김 실장은 굳이 부정하지 않았다.

"네. 한배 타 봅시다."

"뭐?"

"우린 그자에게 감정이 많고, 변협도 그자에게 감정이 많아요. 손을 안 잡을 이유가 있습니까. 한 가지 더 말씀드리자면 그자는 우리만 적으로 돌린 게 아니에요."

"그건 무슨 말이지?"

"정치권에서도 그자를 노리는 사람이 많습니다. 우리가 제사상만 차려 놓으면 정치권이 기다렸다는 듯 사망선고 내려줄 겁니다."

위험한 소리가 계속되자 고 회장은 약간 위축이 되었다.

한명 그룹의 로비 실력을 누구보다 잘 아는 그다. 정치권과 연계해 없는 죄 뒤집어씌우는 건 그들에게 일도 아니다.

"협회장님. 솔직히 이대로 당하실 겁니까? 청탁 의혹이 사실이든 아니든 이 싸움에 끼어들었으면 대가를 치러야지요."

"……없는 죄 뒤집어씌우려다 실패하면?"

"그러니까 뒤탈 걱정 없는 '의혹'제기로 시작하자는 겁니다. 남들이 보기엔 이상해 보이는 재산 내역. 또 모르죠, 김 국장이 정말 기업의 청탁을 받고 조사를 했던 걸지도."

갑자기 구미가 확 당겼다.

공정위가 나서지 않았다면 재판이 3심 전패로 끝나지 않았을 거다.

모든 문제의 원흉이 김 국장이라 해도 과언이 아니다.

한데 만약 이걸 청탁 사건으로 몰면?

불구대천의 원수를 파멸시키는 것은 물론, 다시 법리를 다툴 수 있는 기회도 얻게 된다. 다만 없는 죄를 씌워야 한다는 부담에 섣불리 대답이 나오지 않았다.

"대법관님. 솔직히 있는 죄를 덮는 거나, 없는 죄를 씌우는 거나 뭐가 그리 다르겠습니까."

변호사는 모두 있는 죄를 덮는 직업. 이번엔 그 반대로만 해 보면 된다.

슬쩍 대법관이라 불러 봤는데 이젠 딱히 적의를 드러내지도 않는다.

"해당 사건을 비리로 만들면 공정위에서 다시 심리를 열 겁니다. 근데 전임자가 그 꼴 당하고 날아갔는데, 누가 법톡 편을 들 수 있겠어요?"

"흠……."

"사실 이건 정치권이 원하는 일이기도 합니다. 협회에서 바람 잡아 주면 감사원에서 김 국장을 털 거예요. 그럼 결과도 충분히 바뀔 수 있습니다."

고 회장은 고민에 잠겼다.

"의혹 제기는 누가 할 거요?"

"당연히 저희가 해야죠."

"그럼 우린 확성기 틀고 억울하다 떼쓰기만 하면 되는 건가?"

"그렇습니다. 일이 안 풀렸을 때의 책임도 저희가 지겠습니다."

어떻게 언론에 터트릴진 모르겠지만 변협이 할 일은 하나다. 광화문에서 확성기 틀고 엄정 수사를 요청하면 끝이다.

생각을 끝낸 고 회장 입에선 희미한 웃음이 나왔다.

"하여간 한명 그룹은 참 못된 일 잘해. 흐흐."

"협력해 주실 겁니까."

"뭐 우리가 손해 볼 건 없겠군. 기왕 하는 거 김 국장 뼈도 못 추리게 해 줘. 그놈은 여기저기 적을 너무 만들었어."

휘어지지 않으면 부러져야지 별수 있나.

포토라인에 서게 될 김 국장 얼굴을 상상하자 절로 웃음이 나왔다.

그놈은 당해도 싸다.

❧

갑작스런 준철의 진급 소식에 다들 헛기침만 해 댔다.

본디 동료가 진급하면 함께 기뻐하며 진급턱 내라고 하는 게 관례이건만 지금은 그런 축하가 나오지 않는다.

대성중공업부터 현 사건까지 얼마나 많은 길을 달려왔는가.

종합국이란 이름에 걸맞게 장르 불문, 다양하고 많은 사건을 다뤘다.

매사 열정적이고 성과가 확실했던 팀장, 그 사람과 더는 함께할 수 없다는 사실이 섭섭하기만 했다.

"아, 뭣들 해. 초상집 온 것도 아니고. 축하합니다, 팀장님. 아니 이젠 과장님이라 불러야 하나."

김 반장이 나선 후에야 반원들도 엉거주춤 축하 인사를 해 줬다.

"충분한 실력을 보여 줬습니다."

"당연히 가셨어야 할 자리예요."

"모두 감사합니다."

정들었던 기분 때문일까. 축하를 받는데 마냥 기분이 좋지만은 않았다.

"그럼 발령은 언제 나는 겁니까."

"1월요. 아마 시무식 끝나고 임명장 받을 것 같습니다."

"그럼 한 달도 채 남지 않았네."

"아쉬운 대로 오늘 소주 한잔 어때요. 우리 솔직히 일 끝나면 또 일이라 제대로 된 단합대회도 못 연 거 같은데."

분위기가 금세 달아올랐다.

"아— 좋지. 오늘부터 매일 한잔씩 해도 되겠다."

"팀장님이 쏘시는 겁니다. 흐흐."

준철도 기쁜 마음으로 반겼다.

"물론이죠."

"좋아— 그럼 오늘 일 끝나고 한잔들 하자고."

하지만 그런 여유로움은 오래가지 않았다.

❧

느닷없이 들이닥친 감사원은 국장실부터 쑥대밭을 만들었다.

"오늘부로 김태석 국장님은 특별감사 대상이 됐습니다. 재임 자료 모두 저희 감사원에 제출해 주세요."

"내 재임 자료를 제출하라고?"

"네. 그리고 이번 주 안으로 본인에 대한 직무정지 심사가 열릴 겁니다. 해당 사건에 제대로 소명해 주십쇼."

놈들이 내민 서류는 법톡과 관련한 자료였고, 김 국장이 해마다 신고한 고위공직자 재산 내역이 나와 있었다.

"감사가 아니라 감찰이구만. 내가 기업한테 돈을 받았다고 생각하는 건가?"

"시기가 절묘하잖아요. 법톡 사건 맡은 이후 우리 국장님께서 부자 되셨습니다."

"처가와 친가의 유산이라고 해명했을 텐데."

"그렇게 자신 있으면 다시 한번 더 말씀해 주세요."

김 국장은 짧게 한숨을 쉬었다.

비아냥조로 말하는 것을 보니 이미 자신을 청탁 사건이라 결론 내린 것 같다.

"한 가지만 물읍시다. 이거 대체 어디서 들어온 제보요."

"다 믿을 만한 소식통에서 나왔죠."

믿을 만한 소식통…….

이건 이름을 밝힐 수 없는 권력자한테 나왔단 뜻이다. 출처가 한명건설인가, 여의도 의원인가는 이제 더 이상 중요하지 않았다. 보복성 조사임이 명백해진 순간이다.

김 국장은 수화기를 들었다.

"어, 난데. 오늘부터 우리 종합감시국은 특별감사를 당한다. 아니, 내부 감사 말고 감사원에서. 어차피 표적은 난 거같으니 어지간한 건 다 내 책임으로 돌려. 다른 과장에게도 알려 줘."

~

"이렇게 털어 가는 게 어디 있어요?"

"이건 우리랑 관계없는 자료라니까."

"다른 국이랑 협력한 사안을 왜 우리한테 뒤집어씌우는 겁니까."

국장실을 초토화시킨 감사원은 한 계단씩 내려와 실무팀까지 박살 냈다.

예고도 없이 들이닥친 그들은 진공청소기처럼 서류를 빨아들였다. 그중에는 과잉 조사도 있고, 미심쩍긴 하지만 혐의라고 단정할 수 없어 덮어 둔 사건도 있었다.

"아니, 신고당한 걸 어떻게 모두 조사합니까. 우리 재량하에 아니다 싶어서 진행 안 했소."

하지만 이는 이대로 흠이 되었다.

"오호라. 그러니까 재량으로 덮었다?"

"말이 어떻게 그렇게 돼요?"

"당신들도 정치권 털 때 이렇게 털지 않았습니까."

"이 사람이……."

"책임지고 싶지 않으면 한마디만 하세요. 이거 다 본인이 덮었습니까, 아님 국장의 지시가 있었습니까."

김 국장을 아무리 따르는 사람이라 해도 이 물음에 쉽사리 대답할 수 없었다.

말 한마디 잘못하면 오롯이 자기 잘못이 되어 버리니 말이다.

"내 재량으로 덮었소."

물론 그중에는 깡다구가 월등히 센 과장도 있었다.

"이보세요, 오 과장님."

"같은 말 계속 두 번씩 하게 할 거요. 내가 했다니까."

"허, 참. 충견이라더니."

"뭐?"

"딴 놈들 다 도망가는데 아주 사이가 돈독하셨나 봐."

오 과장은 콧방귀를 뀌었다.

"그럴 만한 분이니까."

"과연 그럴까. 지금 김태석 국장 기업 청탁 의혹 받고 있어요. 법통에 청탁을 받고 유리하게 지시를 내린 겁니다."

"그것도 나랑 상의하고 결정한 일이구면."

"자칫하면 본인도 쇠고랑 찰 수 있습니다."

"다행이네. 내 선에서 끝난다면."

오 과장은 경멸 어린 시선을 보내며 문 앞으로 갔다.

"서랍 세 번째 칸은 내 빤스랑 난닝구 있으니까 되도록 건들지 말아 주시고. 이 과장실 안에 있는 모든 자료는 알아서 빼 가쇼."

그렇게 과장실을 나설 때.

멀리서 준철이 허겁지겁 달려왔다.

"과장님."

"다음 달이 발령이야. 인사하고 다니기도 부족할 텐데 뭐 하러 왔어."

"이게 어떻게 된 겁니까."

"별일 아니야. 먼지 털이 하는 모양인데 일이 잘 안 풀리나 보지."

대수롭지 않게 말했지만 복잡한 얼굴마저 숨길 순 없다.

준철은 이 사태에 굉장히 큰 책임감을 느꼈다. 갑작스런 감사원의 감사 그리고 먼지털이식 수사. 이 모두 정치권에서 보복할 때 쓰는 아주 저질적인 방법들이다.

"이거…… 한명건설 때문입니까."

"굳이 그거뿐이겠어. 그간 정치권에 밉보인 거 한 번에 다 털리는 거지."

"……과장님. 제가 뭘 하면 될까요. 미력하겠지만 저도 돕 겠습니다."

"그럼 신경 끄고 진급 준비나 해. 네가 뭘 도울 수 있는 일 이 아니다."

오 과장은 그리 말하며 자리를 벗어났다.

일그러진 얼굴을 녀석에게 보여 주고 싶지 않았다.

❧

[속보 - 공정위 청탁 의혹]
[기업에 청탁받고 변협 징계했나?]

감사원이 한바탕 소란을 떨고 난 뒤.

마치 잘 짜인 각본처럼 언론 보도가 즉각 이뤄졌다. 뉴스엔 변협과 법톡의 관계가 자세하게 기술되었고, 김 국장의 자산이 '수상한 증식'이란 이름으로 적나라하게 보도되었다.

한눈에 봐도 감사원에서 흘린 정보다.

[법톡, 로비로 이겼나?]

이에 발맞춰 광화문에선 변협의 '법조인 100인 시위'가 이어졌다.

─공정거래위원회의 불공정했던 실태가 오늘에 이르러서 밝혀졌습니다!

그간 저희 변협은 법톡의 허위·과장 광고에 수많은 이의 제기를 해 왔습니다. 거두절미하고 법톡은 검증되지 않은 플랫폼입니다. 저희 변협은 법조인의 품위와 의뢰인의 알 권리를 지키기 위해 가입 금지라는 고육지책까지 내놨습니다.

하지만!

이러한 노력도 청탁 공무원 앞에선 모두 헛수고였습니다.

공정위는 사소한 문제들을 앞세워 노골적으로 법톡의 편을 들어줬습니다.

그리고 언론에 보도된 바, 그의 자산은 수상하게도 늘어났습니다.

고석춘은 법조인답게 선을 잘 지켰다.

하고 싶은 말은 다 언론 보도를 인용한 양 말했다.

의혹이 의혹으로만 끝났을 때를 대비해 출구 전략을 짜 놓은 것이다.

그의 일장연설이 끝나자 다섯 명의 협회 간부가 머리를 밀었다.

−청탁 의혹 김태석 국장은 수사에 성실히 임하라!

−징계 철회! 엄정 수사! 재심 촉구!

3심까지 변협이 패소했던 사건…….

담당자의 청탁 의혹은 반전을 노릴 수 있는 마지막 기회다. 변협이 눈을 뒤집고 달려들자 여의도에서도 지원사격이 쏟아졌다.

2

"살다가 내 이런 말을 하는 날이 다 오는군. 각 의원들은 SNS 활동 열심히 해. 지금은 국민들과의 소통이 무엇보다 중요한 때야."

야당 당대표는 만연한 웃음을 지으며 지령을 내렸다.

소통을 빙자한 공격에 최선을 다하라는 것이다.

"사실 이미 계속하고 있는 중입니다. 근데 아무래도 SNS로 공격하는 건 한계가 있단 말이죠."

"박 의원? 뭐 좋은 아이디어 있어?"

"당 차원에서 검찰 한번 가는 게 어떻습니까."

"기자들 불러 놓고 고발장 제출하자고?"

"네. 그놈들도 우리랑 싸울 때 늘 그런 식이었습니다. 당한 거 이상으로 갚아 줘야죠."

군납 비리 때부터 공정위는 언론을 교묘하게 이용해 망신을 주었다. 언플로 흥했으면, 언플로 망해 봐야지.

"좋긴 하지만 그건 여당을 너무 자극하는 게 아닐까 싶습니다."

"맞아요. 아무리 그래도 공정위가 행정부 산하 기관인데."

"저희가 너무 공격하면 여당이 비호하고 나서지 않을까요."

당대표는 고개를 저었다.

"그 부분일랑 걱정 마. 애초에 줄도 없고 끈도 없는 놈이었어. 여당 의원들도 그놈이라면 학을 떼더군."

"그건 그렇습니다. SNS를 보면 오히려 여당이 더 그자를 공격하더군요."

"수위만 잘 지키자. 우린 이 사건을 절대 집권당 비리로 연결시키지 않는다. 오로지 그놈 하나만 찍어내면 돼."

여야는 또 공공의 적을 상대할 땐 죽이 잘 맞았다.

합심해 놈을 공격하면 결국 버티지 못할 것이다.

"그나저나 그놈 징계 심의가 언제라고?"

"내일입니다. 한데 대표님 그자의 반응이 좀 심상치 않습니다."

"뭐가?"

"이 정도 했으면 입장을 표명하든, 거취를 표명하든 무슨 사인이 나와야 하는데 한마디 말이 없더군요. 기자들이 공정위에 직접 찾아가 보기도 했는데, 대수롭지 않은 척 웃기만 했답니다."

당대표가 턱을 쓰다듬었다.

"그러니까, 스스로 물러날 생각은 없다? 감사원이 들이닥쳤는데도?"

"네. 아마 직무 정지가 떨어져도 버틸 놈 같습니다."

"근데 뭐 그거까진 우리도 어느 정도 예상하고 있었던 거 아니야?"

"그래도 막상 저렇게 나오니 뭔가 수를 준비하고 있는 게 아닐까 싶네요."

그 얘기가 나오자 의원들도 슬금슬금 우려를 내비쳤다.

"사실 끝까지 가면 어떻게 될지 장담 못 합니다."

"저희가 내부 검토한 바, 김 국장이 법톡에게 돈을 받은 것 같진 않아요."

"만약 받았다면 차명계좌나 수취인 불명의 입금이 있어야 하는데 그건 없었습니다."

김 국장은 깨끗한 사람이다. 이건 원수인 그들도 인정할 수밖에 없었다.

비단 법톡 사건뿐 아니라 그의 재임 자료를 모두 압수해 조사해 봤지만, 과잉 조사만 몇 개 나왔을 뿐 청탁으로 보이는 흔적은 없었다.

"됐다. 어차피 지금은 진짜로 청탁을 밝혀내는 과정이 아니잖아. 그럴듯해 보이는 사건을 청탁으로 엮는 거지."

"아, 예."

"징계심사 열리면 최소 직무 정지가 떨어질 거야. 비리 의혹을 받는 당사자를 업무에서 배제시키는 게 원칙이니까."

의원들은 침을 꿀꺽 삼켰다.

"징계 수위를 어떻게 더 높일 수 있을지는 그때 가서 생각해 보자."

당 대표는 김 국장 같은 부류에 대해서 잘 알았다.

명예를 목숨보다 더 중요하게 생각하는 놈들이다. 직무 정지 당하고, 자신 하나 때문에 조직이 위태로워지면 미련 없이 옷을 벗을 놈이다.

사실 해임이나 파면까진 바라지도 않았다. 눈엣가시 같은 놈이 스스로 옷을 벗어 준다면 그것만으로도 충분히 성공한 공작이다.

"알겠습니다."

공정거래
위원회

의원들이 모두 물러가고 중진 의원 한 사람만 남았다.

당 대표는 그에게 시선을 돌렸다.

"변협은 어떻게 됐어?"

"글쎄요…… 사실 그들과 저희가 한배를 타긴 했는데 목적지가 많이 다른 것 같습니다."

"뭐라고 하던데."

"고석춘 협회장은 반드시 비리 사건으로 결론지었으면 하는 모양새입니다. 그래야 법톡과 다시 싸울 수 있으니."

당대표가 혀를 찼다.

"끝장을 보자는 소리군."

"네. 김 국장 사퇴만 받아 내면 되는 저희 입장과 차이가 큽니다."

"거 알 만한 사람들이 자제 좀 할 수 없는 건가."

"아무래도 그들에겐 밥그릇이 달린 문제라 쉽지 않을 것 같습니다."

당대표는 끙 앓더니 말했다.

"그럼 검찰에 꼭 기소까지 해야 성이 풀리겠단 거야?"

"네. 사실 그들 입장에선 이 문제를 사법부로 끌고 가고 싶을 겁니다. 변협은 판검사도 눈치 보는 곳인데."

"에휴— 말리려 들면 나까지 죽이겠지? 그래도 너무 무리하게 하진 말라 그래."

"알겠습니다. 잘 전달하겠습니다."

당대표는 약간 걱정이 들었다.

의혹 제기를 하고 있다만 죄가 없다는 건 알고 있다.

이걸 과연 법적 심판까지 받게 하는 게 맞는지 모르겠다. 어차피 안 될 거 같은데.

감사원이 휩쓸고 간 종합국은 모든 사무실이 휑했다.

감사원은 블랙홀처럼 서류를 빨아들였고, 매일 불러 대 심문을 해 댔다. 종합국 소속의 직원들은 출근 때마다 타 부처 눈치를 살펴야 했다.

당사자인 김 국장은 매일 가시밭길을 걷는 기분이었다. 단 연코 처음 겪어 보는 굴욕이다. 마음 같아선 내일 당장 옷 벗고 검찰에 자진 출두하고 싶었다.

피 말리는 시간이 계속되니 오히려 징계심사가 기다려질 정도였다.

그렇게 징계심사 당일.

김 국장은 한결 홀가분한 마음으로 자리에 착석했다.

심사장을 맡은 공정위원장은 긴 한숨을 내쉬며 물었다.

"김 국장. 먼저 묻자. 법톡에게 청탁받았나?"

"아니요. 그런 적 없습니다."

"근데 이런 의혹이 왜 생기지?"

모합입니다, 라는 말이 목 끝까지 차올랐다.

"제 부덕의 소치입니다. 만약 검찰이 해당 사건을 수사하면 성실히 수사에 임하겠습니다."

무슨 해명을 하든 변명으로밖에 안 들리는 자리다.

"그럼 법톡과 변협의 싸움에서 왜 변협을 징계했는지 소명해 보게."

"네. 사건의 발단은 변협이 법톡에 가입된 변호사를 징계하며 시작됐습니다."

김 국장은 당시 검토했던 자료를 내밀며 자세하게 소명했다.

"……하나 저희가 판단한 바, 법톡은 법률 자문 중개 사이트에 지나지 않았습니다. 시장 질서에 전혀 반하는 사이트가 아니었죠."

"그럼 변협이 그렇게 나오는 이유가 뭐야?"

"법톡이 나오면서 변호사들 간의 수임 경쟁이 심화됐습니다. 결국엔 이권 다툼이라 생각합니다. 그런 싸움에 저희가 법톡 편을 들어 줬으니 감정이 좋지 않았을 겁니다."

김 국장은 또박또박 말했다.

자신 있었다. 한 치의 흐트러짐 없이 공명정대하게 내린 결정이라는 것을.

"그렇다면 지금이라도 생각을 바꿀 용의가 있나."

"무슨 말씀인지."

"현실과 타협하란 말이야. 자넨 절대 건드려선 안 될 변협을 건드렸어."

뜻을 꺾어라, 현실과 타협해라.

평소 그럴 사람이 아닌 위원장이 이런 얘길 한다는 건 이미 손쓸 방법이 없다는 거다.

하지만 김 국장은 소신을 꺾지 않았다.

"법톡을 제재하면 결국 소비자의 이익이 저해됩니다. 뜻을 바꿀 수 없습니다."

나올 말은 다 들었다.

징계심사는 더 길게 끌 것 없었다.

"김태석 국장에 직무 정지 1개월을 내립니다. 해당 사건과 관련 심도 있는 조사를 한 후, 업무 복귀를 할지 말지를 결정할 겁니다."

직무 정지 1월.

비리가 사실이든 아니든 당사자를 업무에서 배제시키는 건 당연한 일이다.

김 국장도 예상했기에 순순히 고개를 끄덕였다.

"처분에 따르겠습니다."

그렇게 징계위가 파한 후.

김 국장은 위원장과 단둘이 남았다. 위원장은 슬그머니 담배를 내밀었다.

"한 대 피울까."

"실내 금연 아닙니까."

"어차피 미쳐 돌아가는 세상, 이 정도야 뭐."

담배에 불을 붙이자 김 국장도 한 대 물었다.

"나도 자네가 돈 받았다고 생각 안 해. 자네처럼 꼼꼼한 성격에 어디 돈을 받았겠어? 은퇴하고 자리를 받아 놨으면 모를까."

"하하."

"근데 미운털이 너무 박혔다. 뺄 수 없을 만큼 깊숙이."

미운털.

이 사건이 외압으로 인해 시작됐단 뜻이다.

"혹시 저 때문에 연락을 받으셨습니까."

"정재계 거물들이 다 전화해서 자네 해임하라더군."

"결국 제가 물러나야 끝나는 일인가 보네요."

"그렇지. 그러니까 버텨."

"예?"

"자네 딱히 권력자들이 원하는 대로 사는 놈 아니잖아."

위원장은 호탕하게 웃었다.

그 모습이 김 국장에게도 작은 위로가 됐다.

"거물급 의원들 통화는 아예 녹취까지 했다. 인사 외압으로 나도 크게 터트릴 수 있어."

"시간 지나고 돌아보니 위원장님 말씀이 맞습니다. 더 험한 꼴 당하기 전에 제가 물러났어야 했나 싶군요."

"그건 그냥 흘러들어."

위원장은 김 국장의 어깨를 툭 쳤다.

"설사 물러나더라도 이런 식으로 물러나면 안 되지. 안 그래?"

"감사합니다."

"앞으로 어떤 일이 있더라도 담대하게 견뎌. 사퇴는 이 사건 다 끝내고 나서 해도 늦지 않아."

공정거래
위원회

질 끝판왕 사망

한명그룹
김성균 본부

직무 정지

[공정위의 수상한 뒷거래]

[감사원, 모든 상황 명명백백 밝힐 것]

[靑, 공직기강을 바로잡는 계기로 삼아야]

연일 쏟아지는 기사에 공정위는 초상집이 되었다. 단순한 의혹 보도는 여·야·청이 한마디씩 논평을 내며 기정사실이 됐다.

이튿날 공정위는 김 국장의 직무 정지 1개월을 발표하며, 철저한 진상 규명을 약속했지만 제 식구 감싸기란 비난만 돌아왔다.

이것만으로도 흠집 내기는 완벽한 성공이다.

"하아……."

준철은 쏟아지는 기사들을 모두 정독했고, 절망에 잠겼다.

아무리 봐도 단순한 의혹 보도가 아니다. 감사원은 겨우 이런 의혹 보도로 출두하는 곳이 아니며, 여야청의 즉각적인 반응은 이것이 잘 짜인 각본이란 걸 말해 주었다.

그렇다면 이유는 한 가지밖에 없다.

'적을 많이 둬서…….'

정치권의 말을 듣지 않은 대가, 즉 철저한 보복 수사라는 뜻이다.

"뭐 해, 이 팀장? 얼빠진 놈처럼."

죄책감에서 헤어 나오지 못할 때 오 과장의 목소리가 들렸다.

"요즘 친구들은 떡 같은 건 안 돌리냐. 우리 땐 진급하면 시보떡 돌리기 바빴는데."

"……과장님."

"농담이다, 인마. 나 그렇게 꽉 막힌 꼰대는 아니야. 근데 떡은 아니어도 인사는 좀 하고 다녀. 너 이 자리 오기까지 신세 진 사람 많잖아."

"네. 그러겠습니다."

평소엔 잘하지 않던 과한 농담.

오 과장은 애써 웃는 사람처럼 보였다.

"근데 국장님께선 어떻게 되시는 겁니까?"

공정거래
위원회

"뭘 그리 걱정하냐. 죄가 없으면 무혐의로 결론 나겠지."

"직무 정지 1개월에 처하신 걸로 알고 있습니다. 이건 징계 절차 들어가는 거 아닙니까?"

"그건 최소한의 업무 배제야. 의혹 당사자를 업무에서 배제 안 시킬 순 없잖아? 국장님은 감사원 조사에 모두 소명할 거라고 하신다. 오히려 소명할 기회 좀 달라고 벼르고 계셔."

오 과장이 어깨를 툭 쳤다.

"근데 그걸 왜 네가 걱정하고 있어. 다 순리대로 해결될 문젠데."

"이 사태 모두 다 저 때문인 거 알고 있습니다."

"뭐?"

"저 때문에 국장님께서 여기저기 적을 많이 지셨잖아요. 정치권과 결탁하지 않았다면 사건이 이렇게 단시간에 커지지도 않았을 겁니다."

군납 비리 때부터 미운털 박혔을 거다. 한명건설을 건드리며 쐐기를 박은 것이겠지.

이 모두 김 국장이 외압을 막아 주지 않았더라면 언감생심 꿈도 못 꿨을 조사다. 국장님은 지금 그 대가를 혹독히 치르는 중이다.

"이 사건 분명 한명건설이 주도했을 겁니다. 이 연루 관계를 파악해서 언론에 터트리면……."

"그만."

"할 수 있습니다, 과장님."

"이렇든 저렇든 일단 국장님께서 의혹부터 벗는 게 먼저야. 제대로 된 해명도 없이 보복 수사다 주장하면 누가 믿겠어?"

준철은 입술을 깨물었다.

"그거 다 소명하면 차차 밝혀지겠지. 누구의 공작이었는지."

"실추된 명예는 복구될 수 없을 텐데요."

"그까짓 명예 때문에 자리 지키고 계신 분 아니다. 그게 중요했으면 진작 자리 박차고 나갔을걸."

"혹시 국장님께서 따로 지시를 내린 겁니까. 아무도 나서지 말라는……?"

"그래, 그리고 그 말이 맞아. 지금은 돕지 않는 게 돕는 거다."

고지식한 사람이다.

다른 사람이었으면 의혹에 의혹을 제기하며 진흙탕 싸움으로 몰고 갔을 건데. 비난을 감수하더라도 정공법으로 헤쳐 나가겠단 의지다.

"그럼 사건은 어떻게 되는 겁니까?"

"변협 징계는 재심의 들어갈 거다. 우리가 내린 징계가 타당했는지 전면 검토 해야지."

"혹시……."

"걱정 마. 그 사건은 국장님이 나랑 결정 내렸어. 변협이 법톡에 가입한 변호사들 무더기로 징계시켜 버렸는데, 이걸 어떻게 징계 안 해? 지금 그놈들 정치권이 관심 좀 보여 주니 마지막 발악하는 거야."

준철이 고개를 저었다.

"그게 아니라 혹시 이 사건 맡겠다는 부처 있습니까?"

"뭐?"

"민감한 사안이라 다들 기피할 것 같아서요. 변협이 저렇게 벼르고 있는데, 과연 공정한 재심의가 될까요?"

오 과장이 흠칫 놀랐다.

"설마, 이거 네가 맡겠단 건 아니지?"

"제가 하겠습니다."

"이 자식은 어떻게 예상을 한 치도 안 벗어나! 신경 꺼라. 이미 이 사건 맡아 보겠다고 자원한 팀장이 둘이나 된다."

"그 자원자들은 정말 사심 없는 사람들인가요?"

오 과장은 두 번째로 흠칫했다.

사실 자원자 두 명은 공명심과 거리가 먼, 전형적인 줄을 타고 싶어 하는 팀장들이었다. 세간의 관심이 주목된 만큼 이들은 이름을 알리고 싶어 했다.

게다가 김 국장은 이미 의혹이 기정사실이 된 비리 공무원 아닌가. 그의 징계 결정을 번복하고 변협 편을 들면 비단길 이 열려 있는 것과 다름없다.

"그럼 제가 해 보겠습니다."

준철은 이 기회를 잡을 생각이었다.

"저야 줄이나 끈에 대해서 자유로운 놈 아닙니까. 해당 사건 제가 재심의 하고 결론 내리겠습니다."

"이 팀장, 이건 그렇게 쉽게 볼 사안 아니다."

"어렵게 볼 사안도 아닙니다. 법리에 맞춰 변협이 잘못했는지 안 했는지만 따지면 되잖아요."

오 과장은 준철을 물끄러미 봤다.

놈도 마음에 찔릴 것이다.

국장님을 저리 만들었다는 게 다 자신의 잘못처럼 느껴질 테니.

하지만 그건 그거고 이건 이거다. 가뜩이나 예민한 사건을 이놈이 맡는다? 표적이 이쪽으로 옮겨 갈 것이며, 진급이 취소될지도 모른다.

어쩌면 김 국장처럼 온갖 누명을 다 쓰고 쫓겨날지도 모른다.

"안……."

"저 때문에 여기까지 왔는데 안 나설 수 없죠. 저 어차피 진급하면 곧 세종으로 갑니다. 유종의 미 거두고 싶습니다."

뜯어말려야 하는데…….

놈의 간절한 부탁을 못 이기고 오 과장은 침묵에 잠겼다.

연말에 특종을 만난 기자들은 밤잠을 설쳐 가며 서초구와 여의도를 오갔다. 몸이 열 개라도 부족한 요즘이다.

비리 공무원이야 늘상 있는 일이지만, 여의도가 이렇게 열렬히 호응할 줄이야.

기사가 나가는 족족 양당 의원들이 SNS로 퍼나르고, 변협은 하루가 멀다 하고 보도국에 전화해 기사 소스를 준다.

분위기에 힘입어 없는 사실도 슬쩍 하나 갈기고, 사실 확인이 되지 않은 내용도 마치 누군가의 증언인 양 다뤘다.

보도 경쟁이 치열해지며 김 국장의 비리액은 눈덩이처럼 불었다. 하지만 그는 돌부처처럼 같은 말만 되풀이했다.

―사실무근입니다.

직무 정지 1개월로 그가 칩거에 들어가며 서초구 기자들은 신사동으로 카메라를 틀었다.

―청탁 관계였습니까?

"절대 아닙니다."

―그럼 공정위의 징계에 아무런 대가도 없었다고요?

"대가는커녕 저는 김 국장님이란 분과 커피 한잔 마셔 본 적도 없습니다."

법톡 홍영수 대표는 오늘도 구름떼처럼 몰려든 기자들 앞에 한숨을 지었다.

―그렇다면 이 사건에 왜 수면 위로 오른 겁니까?

"저희도 정말 모르겠습니다. 이미 3심까지 재판해서 다 이긴 사건인데요."

―하면 그 법조인도 매수한 겁니까.

"이보세요, 기자님! 판검사도 옷 벗으면 변호삽니다. 그런 분들이 저희 손을 줬다는 건, 그만큼 변협의 억지가 심했기 때문입니다."

그는 힘주어 말했다.

"저희 법톡은 의뢰인과 변호사를 더 가깝게 만들자는 취지에서 설립된 사이트입니다. 플랫폼 용도도 중개 사이트에 지나지 않아요. 한데 변협이 저희 사이트에 가입된 변호사를 징계하며 이 싸움이 시작된 겁니다."

"그래서 여기에 대한 징계가 부당하다, 공정위에게 알린 겁니다. 변협은 저희를 수임 질서를 어지럽히는 무뢰한으로 매도합니다. 하지만 저희 법톡이 생긴 이후 경쟁이 촉발되며 수임료가 투명하게 공개된 건 사실입니다. 저희 경영진은 이 서비스가 시장을 발전시켰다는 자부심으로 일합니다."

↻

―다음 소식입니다. 공정위가 청탁성 편들어 주기 의혹을 받는 가운데 어제, 사건의 담당자인 김태석 국장의 징계가 결정됐습니다. 당국은 김

국장을 업무에서 모두 배제시킨 후 관련 사건 재심의를 열겠다고 했는데요. 과연 이 사건의 전말은 어떨지 관심이 쏟아지고 있습니다.

─관건은 결국 법톡에게 리베이트를 받았느냐 아니냐입니다. 현재 김태석 국장의 자산 자료를 보면 갑자기 늘어난 의혹이 많습니다. 보통 고위 공직자들의 수상한 자산 증식은 다 유산이라고 둘러댄 바 있는데요. 이번 해명도 그런 전형적인 변명이었는지…….

"김 국장이 결국 직무 정지 받았습니다."

변협 고위직들은 김 국장의 굴욕적인 모습을 시청하며 흐뭇하게 웃었다.

"근데 겨우 1개월이에요."

"이건 그냥 감사 진행 하는 동안에만 직무 배제시키겠다는 뜻이네요."

불구대천의 원수가 징계를 받았지만 시작이 그리 좋지 않다.

언론에서 대서특필하고 정치권도 가세해 주지 않나. 이 정도 건드렸으면 더 큰 징계가 떨어질 것이라 예상했건만.

떨어진 건 고작 직무 정지 1개월. 이건 그냥 이 사건 해결될 때까지만 징계하겠다는 뜻이다.

고 회장도 이 저의를 모르지 않았다.

"그래도 의미 있는 행보야. 그자가 업무 배제된 거니까."

"예. 다만 문제가 좀 있습니다. 김 국장 재산 자료 중에 해명이 안 되는 내역이 있으면 이걸 바로 법톡 로비 건으로 엮으면 되거든요. 한데 그런 자료가 나오질 않는답니다."

"최소한 법톡한테 로비는 안 받은 것 같습니다."

고 회장은 고개를 저었다.

"받았냐, 안 받았냐는 중요하지 않아. 이미 국민들은 의혹을 기정사실로 받아들이고 있으니까."

"그건 그렇죠."

"그럼 이제 이 사건 재심의 들어가야지?"

"네. 안 그래도 오늘 공정위에서 연락이 왔습니다. 징계 과정에서 불미스런 일이 있었는지 명명백백 밝히겠다는군요."

고 회장은 지그시 웃으며 찻잔을 내려놨다.

"됐어, 그럼. 이제 우린 이 기회를 잡아야 돼."

어쩌면 이게 공정위 결정을 바꿀 수 있는 마지막 기회가될 것이다.

"재심의 하는 놈은 둘 중 하나야. 우리한테 겁을 잔뜩 먹은 놈이거나, 우리 줄을 타 보려 하는 놈."

"예. 후자면 뭐 서로 대화가 잘 통할 겁니다. 흐흐."

"하지만 전자면 괜히 또 공명심에 이상한 결정을 내릴 수도 있어. 겁을 팍 줘서 꼬랑지 내려 버리는 게 관건이다."

그때 옆에 있던 사내가 거들었다.

"솔직히 이 사건의 수장이 저 꼴 났는데, 누가 이걸 맡고싶겠어요?"

"맞아."

"아마 맡은 놈들도 다 꽁무니 빼기 바쁠 겁니다."

희망이 있다.

해당 사건을 맡은 김 국장이 어떻게 날아가는지 똑똑히 보는 중 아닌가. 재심의도 이걸 의식할 수밖에 없으며, 이렇게 되면 재판도 다시 노려 볼 수 있다.

수사 과정에서 비리가 밝혀지면 다시 재판을 노려 볼 수 있는 것이다.

"그래, 아무도 이 사건 함부로 안 나설 거야."

"우린 그 점만 잘 이용하면 돼."

그렇게 웃고 있을 때.

바깥에서 노크 소리가 들렸다.

❧

준철은 부담감을 이겨 내며 입을 열었다.

"재심의 담당자, 이준철이라고 합니다."

살기 가득한 시선들이 머리끝에서 발끝까지 닿았다. 중차대한 문제를 풋내기 사무관이 맡게 됐으니 고운 시선으로 봐질 리 없다.

"공정위는 아직 사안의 심각성을 모르나 봅니다? 이건 경험이 풍부한 사람이 맡아도 버거운 문제인데."

"부족하겠지만 최선을 다하겠습니다."

"그럼 우리의 억울한 부분을 잘 헤아려 줄 수 있겠수?"

"일단 누가 억울한지 면밀히 따져 봐야죠."

고석춘 회장은 미간을 찌푸렸다.

앳된 얼굴과 달리 고분고분한 놈이 아니다.

현 상황에서 누구 편을 드는 게 가장 빠르고 편한 길인지도 모르는 것 같다.

"뉴스에서 의혹 보도가 쏟아져 나오는데 누가 억울한지 몰라요?"

"재심의가 아니라 김 국장 변호인으로 왔소?"

함께 있던 변협 간부들이 퉁을 부렸다.

"원하시는 재심의를 해 드리겠다는데, 왜 그러시는지요."

"이건 재심의할 것도 말 것도 없는 문제 아니오! 김 국장이 기업의 청탁을 받고, 우릴 징계했어. 그럼 징계 철회하고 김 국장에게 엄벌을 내리면 되는 거야."

"아직 의혹만 무성하지 받았다는 흔적은 없었습니다."

"안 받았으면 이게 가능하겠⋯⋯."

"고 회장님. 해당 사건은 변협이 3심까지 가서 법톡에 진 사건입니다."

"⋯⋯뭐?"

"그럼 법톡이 법조인들도 구워삶았다는 뜻입니까? 판검사는 변협과 더 가까운 존재들인데요."

대법 판결 얘기가 나오자 자연스레 입이 다물어졌다.

본인들이 생각하기에도 말이 안 되는 것이다.

"하고 싶은 말이 뭐요?"

"여러분들의 입장을 다각적으로 듣고 싶습니다. 왜 공정위의 징계가 부당하다 생각하는 겁니까."

고 회장은 재판 자료를 내밀었다.

"할 말은 많지만 딱 두 가지만 하지. 첫째. 우린 공정거래법 적용 대상이 아닙니다. 변협은 인권과 법치국가 실현을 위해 구체화된 단체요. 여느 이익집단과 달리 공익적 목적을 위해 설립됐다는 거요."

쉽게 말해 공정거래법은 비영리단체를 규제하지 않는다.

근데 변협이 정말 비영리단체인가……?

"둘째. 법톡은 변호사법을 정면으로 위배하고 있소. 그들은 광고 수익 창출을 넘어선 법조 브로커요. 법조 브로커가 불법인 건 아시지요? 이 두 가지 이유 때문에 공정위는 우릴 징계해선 안 되는데, 우리한테 징계를 했소."

"글쎄요. 그건 법무부에서 직접 판단하지 않았습니까. 법톡을 법조 브로커로 볼 수 없다고."

"공정위가 옆에서 바람을 넣는데, 어떻게 법무부 판단이 객관적일 수 있겠습니까."

"그럼 법무부도 매수된 겁니까?"

쾅―!

"이 사람 못 쓰겠구만. 지금 당신 김 국장 대신 변명하러 왔어?"

"기존에 논의됐던 문제를 재점검하는 겁니다."

"다 필요 없어! 그래서 우리에 대한 징계 번복할 거야, 말 거야."

문득 김 국장이 대단한 사람이라 느껴졌다.

이렇게 꼬장꼬장한 놈들을 상대로 징계를 강행한 건 보통 용기가 필요한 게 아니다.

"징계를 철회하고 싶으면 그에 합당한 이유를 말씀해 보세요."

"담당자의 청탁 조사! 뇌물수수! 더 말이 필요해?"

"해당 사건은 변협이 법톡에 가입한 변호사를 무더기로 징계하면서 촉발된 겁니다."

"몇 번이나 말해. 그것이 수임 질서를 어지럽히는 일이었으니까!"

"그러니까 그 수임 질서라는 게 뭐죠?"

"이건 법조인끼리 불필요한 경쟁만 촉발해. 그 과정에서 가격은 떨어지고, 당연히 법률 서비스도 떨어질 수밖에 없다고."

"첫 번째 말은 이해합니다. 수임 경쟁이 촉발되며 가격은 떨어지지요. 근데 왜 이게 법률 서비스 저하로 이어집니까?"

"자본주의 시장에서 가격만큼 정직한 게 있소? 수임료가 싸지니 당연히 그 퀄리티도 떨어지지."

피식 웃음이 난다.

"그렇게 따지면 독과점도 다 합법이지요. 높은 가격을 받는 만큼 서비스나 퀄리티도 좋아지는 거 아닙니까."

"뭐?"

"가격이 높아지면 법률 서비스가 좋아지나요. 가격이 낮든, 높든 어찌 됐건 서비스는 일정해야 합니다."

장황한 변명을 늘어놓았지만 결국 요지는 하나다.

법톡 때문에 수임 경쟁이 붙고, 변호사들의 몸값이 낮아진다. 그래서 싫다.

이를 갈며 법톡을 제지하려 했을 것이지만 마땅한 방법이 없으니 결국 법톡 가입 변호사를 무더기 징계했던 것이다. 변협이 가진 권력은 그게 전부이지 않은가.

그런 마당에 김태석 국장이 횡포를 부렸으니, 아니꼬울 수밖에.

"아닙니까."

"하고 싶은 말이 뭐지? 범죄자를 편들러 온 건가."

"전 비리가 있었는지, 없었는지를 판단하지 않습니다. 공명정대하게 우리 공정위의 결정에 문제가 있었는지만 판단합니다."

놈은 기가 차다는 듯 웃었다.

"잘 들어요. 젊은 팀장."

고 회장은 몸을 갑자기 당겼다.

"지금 김태석 국장이 왜 저런다 보시오. 정말 청탁을 받아서?"

"무슨 뜻이죠?"

"이 문제의 근원적 원인. 적으로 돌려선 안 될 사람을 적으로 돌렸다, 이 말이오."

순간 머리털이 쭈뼛 섰다.

"위험한 발언으로 들리네요. 결국 김 국장님의 적들이 결탁했다, 이 소립니까."

"볼 장 다 본 거 그냥 속 시원히 말하지. 네, 그게 가장 근원적인 이유요."

"허⋯⋯."

"그러니 적당히 하고 법톡 징계하라는 겁니다. 우릴 적으로 돌리면 김 국장과 똑같은 꼴을 당할걸? 반대로 우리 줄을 잡으면 어떻게 될까."

잔뜩 겁을 쥔 뒤 마지막엔 당근을 내민다.

준철은 이 효과에 대해 잘 알았다. 막바지에 내몰린 놈에게 동아줄을 내밀면 쉽사리 거부하지 못한다.

"난 우리 젊은 팀장님이 부디 현명한 결정 내리길 바랍니다."

고 회장 얼굴엔 어느새 희미한 웃음까지 자리 잡고 있었다. 거부할 수 없는 제안이라 확신하고 있는 것이다.

공정거래
위원회

준철은 무덤덤한 얼굴로 엉덩이를 들었다.

"네. 현명하게 결정 내려야죠."

"명확한 대답을 듣고 싶습니다만."

"재심의 기간은 2주입니다. 곧 결과가 도착할 겁니다."

고 회장은 찬바람을 풍기며 나가는 놈에게서 한 가지를 확신할 수 있었다.

방금 제안을 거절했다는 것을.

김 국장이 칩거에 들어가며 소문만 무성한 잔치가 됐다.

언론은 매일같이 보도 자료를 뿌렸다.

청탁 액수는 하루가 다르게 많아졌고, 급기야 어디 룸살롱에서 술을 마셨는지까지 나오게 됐다.

근거 없는 말은 천 리를 갔고, 언론 보도가 계속되자 룸살롱의 이름까지 구체적으로 거론되기 시작했다.

꼭 뒤에서 누군가 소스를 주는 것 같았다.

하지만 김태석 국장은 무서우리만치 침묵하며 출근을 했다. 이쯤 되면 한 며칠 휴가를 내는 게 맞겠건만 김 국장은 이를 악물고 출근하는 사람처럼 보였다.

준철은 그 모습에 오히려 안도했다.

최소한 대중의 압박이 계속된다고 사퇴할 사람은 아니다.

외압을 막아 준 것처럼 계속해서 묵묵히 버텨 줄 것이다.

"반장님. 여긴가요?"

"네."

준철은 신사동의 한 건물에 들어섰다.

"건물이 꽤 크네요."

"네. 이 건물을 무려 3년 만에 올렸답니다."

[법Talk]이라고 외관에 또렷하게 박힌 글자.

요즘 아무리 IT벤처가 유망하다 하지만 이런 건물을 3년 만에 올리는 건 아무나 할 수 있는 게 아니다.

과연 이 건물을 떳떳한 힘으로 올렸을까, 아니면 언론에 보도된 대로 비리 사건으로 올렸을까.

그런 불안을 뒤로하며 준철은 건물에 올랐다.

"어서 오십쇼. 법톡 홍영수 대표입니다."

맨 꼭대기 층으로 가니 법톡 임원진이 전부 다 대기하고 있었다.

이런 기분 참 오랜만이다. 단 한 번도 기업 꼭대기 층까지 오르면서 몸싸움 안 해 본 적이 없었으니.

간단히 인사하고 자리에 앉으니 홍영수 대표가 급하게 말했다.

"본론부터 말씀드리자면, 언론에 보도된 내용 모두 거짓입니다. 저희가 청탁을 했다니요! 솔직히 대한민국 최대 협회인 변협과 이제 막 출범한 IT 기업. 둘 중 끗발이 좋다면 누가 더 좋겠습니까."

"지금 상황은 사소한 사건도 대세를 바꿀 수 있는 예민한 시국이에요. 혹시 걸리는 거라도 있습니까."

"없습니다. 뇌물이 아니라 선물도 준 적 없습니다."

사실 이런 대답이 나올 거란 걸 이미 알고 있었다.

확인차 물어본 질문에 격앙된 반응을 보이는 걸 보면, 확실히 커넥션은 없다.

"저흰 솔직히 이 문제가 왜 재심의에 들어가는지도 모르겠습니다. 판검사는 변협과 더 가까운 사람들이지, 우리 쪽 사람들은 아니잖아요."

"네."

"그런 사람들 상대로 저희가 대법까지 이겼습니다. 이쯤 하면 재논의할 것도 없지 않나요."

그는 행여나 결과가 뒤바뀔까 좌불안석하는 모습이었다.

"저는 공정위 결정을 뒤바꾸려 온 게 아닙니다."

"하면……?"

"공정위가 변협을 징계하는 과정에서 절차적 하자가 없었는지를 확인하려 온 거죠."

"제출하라는 자료 모두 제출하겠습니다. 저희야말로 할 말 많습니다."

준철은 고개를 끄덕이며 서류를 내밀었다.

"좋습니다. 그럼 법톡이 변협을 공정위에 신고한 배경이 뭡니까?"

"우리 플랫폼에 가입된 변호사를 변협 측에서 모두 징계 내렸습니다. 그 때문에 상당수, 아니 거의 모든 변호사가 저희 법톡에서 탈퇴했고요."

그때만 생각하면 울분이 치솟는다.

"하여 공정위에 이 사건을 고발한 겁니다. 협회라는 권력을 무기 삼아, 이렇게 변호사들을 좌지우지해도 되는 거냐고."

"하면 변호사들의 반발도 만만찮았겠네요?"

"많다마다요. 사실 요즘 법조계는 변시냐 사시냐로 양분된 상태입니다. 저희가 변협을 고발했을 때, 변시 출신의 변호사님들이 많은 도움을 주셨죠."

별안간 소름이 돋았다.

"잠깐만요. 법조계가 변시와 사시로 나뉘어 있다고요?"

"네. 뭐 당연하다면 당연한 거죠. 변시 출신들은 수월하게 시장에 진입했으니. 기존 기득권과의 마찰이 심했습니다."

"그럼 변협의 횡포에 대해 불만을 가진 변호사도 많겠네요?"

"대놓고 말을 못 해 그렇지 불만이 한가득들입니다. 오히려 좋은 자리만 생기면 변협의 폐쇄성을 지적할 사람들 많아요."

한 줄기의 빛이 보였다.

'왜 이 생각을 못 했지⋯⋯?'

솔직히 이건 법톡과 변협이 아무리 싸운다 한들 끝을 볼

공정거래
위원회

수 없는 문제다. 다른 이들 눈엔 변호사 집단과 기업의 싸움처럼 보일 테니까.

하지만 그 변호사 집단 안에서도 파벌이 나뉜다면? 그리고 논쟁의 여지가 있다면?

이건 변협의 대표성을 무너뜨릴 수 있다. 어쩌면 얘기가 더 쉽게 풀릴지도 모른다.

"홍 대표님."

계산을 끝낸 준철이 말했다.

"그럼 변협에 불만을 가진 변호사들을 좀 모아 줄 수 있습니까?"

질 끝판왕 사망

한명그룹
김성균 본부

기소전야

"어떻게 돼 가고 있어?"

"김 국장이 직무 정지 1개월 받았습니다."

"왜 거기서 더 진척이 없느냐고. 지금쯤 기소를 할지 말지 그놈 어떻게 할지 좀 나와야 하는 거 아니야?"

"아직 결정적 한 방이 없다더군요. 검찰도 진중한 모습입니다."

최영석 부회장은 조금씩 드는 조바심을 감출 수 없었다.

이 정도로 터트렸으면 결과가 다 나올 거라 생각했다. 치욕을 죽는 것보다 못 견디는 부류다. 의혹을 제기하면 당연히 물러날 것이라 예상했는데.

"이 정도론 약발이 안 먹힌다? 진짜 기소도 하고, 영장도 나와 봐야 꿈쩍하겠군."

낮게 읊조리며 고개를 돌렸다.

"변협 측은 어때?"

"공정위에서 재심의에 들어간 모양입니다. 변협 징계에 절차적 문제가 없었는지를 판단하겠다는데…….."

말이 길어지는 걸 보니 문제가 있나 보다.

"호락호락하지 않다는군요."

"공정위가 징계를 철회 안 할 수도 있다는 건가?"

"네. 논란과는 별개로 징계 결정에는 문제가 없었다는 게 공정위 입장 같습니다. 이 때문에 변협도 슬슬 불안해하고 있어요."

두 번째 계획도 수포다.

강력한 공포탄 한 방 정도면 김 국장도 공정위도 지레 겁먹을 줄 알았다. 하지만 김 국장이 버티듯 공정위도 버틴다.

"재심의 담당자가 누구야? 내가 직접 만나 봐야겠어."

"그……."

"왜?"

"그건 좀 어려울 것 같습니다. 이준철입니다."

쾅―!

이젠 이름만 들어도 귀에서 피가 날 것 같다.

이건 사실상 이준철을 찍어 내리기 위한 공작이라 봐도 무방하다. 놈을 비호하고 있는 든든한 외꺼풀을 벗기고, 맨몸으로 남을 때 놈을 찍어 내리려 했다.

하지만 김 국장이 저렇게 고목처럼 버텨 주니, 이젠 어떻게 해야 할지 감도 오지 않았다.

"어떻게 할까요, 부회장님. 사태가 잘 풀리지 않으니 변협도 조바심을 내고 있습니다."

"그 영감하고 미팅 언제 잡았는데?"

"고 회장은 이미 접견실에서 기다리고 있습니다."

부회장은 고심에 잠기다 넌지시 위험한 말을 꺼냈다.

"김 실장, 더 나가는 게 무리면 여기서 그만두는 게 어때?"

"예?"

"국장 놈 망신 주자는 소기의 목적은 달성했잖아. 만약 여기서 잘 수습이 된다 해도 놈의 위신은 이미 땅에 떨어졌어."

언론에서 의혹 보도가 터지며 김 국장 얼굴에 시원하게 통칠 한번 했다. 대중은 딱히 진위 여부에 큰 관심 없다. 무혐의로 결론 나면? 증거가 없어 못 밝혀냈을 뿐 의혹 자체는 사실이라 믿을 것이다.

소기의 목적은 다 달성했고, 앞으로 더 나아갈 방법이 없으니 부회장 입장에선 슬슬 발 빼고 싶을 것이다.

"그건……. 어려울 것 같습니다."

하지만 그러자니 판을 너무 벌였다.

"변협은 김 국장 욕보이기가 목적이 아닙니다. 징계를 번복시켜 법톡을 무너트리는 게 목적이지. 여기서 우리만 발

빼면 변협의 분노가 저희에게 향할 수도 있습니다."

대한민국 최대 협회인 변협에게 배신감을 안긴다?

이건 자살골이나 다름없다. 그놈들이 눈 돌아가면, 이 공작이 어떻게 벌어지게 됐는지도 폭로될 수 있다.

부 회장은 긴 고민에 잠기다 입을 열었다.

"고 회장 들어오라 그래."

어떻게 하는 게 최선의 선택일까.

비서실장이 나가자 이윽고 고 회장이 자리에 들어섰다. 그는 이미 불만이 많은지 눈길도 제대로 주지 않으며 자리에 앉았다.

"부회장님, 어떻게 되어 가고 있습니까?"

"아, 걱정 마십쇼. 지금 양당 의원들이 가세해서 김 국장을 공격하지 않습니까. 여론도 질타하는 게 더 커요."

"그 반응만 가지고 나는 안심 못 하겠습니다만."

"복잡한 일 처리하는 데 원래 시간 많이 들지요. 조바심 내면 우리가 지는 겁니다."

아무 일 없는 양 여유를 부렸지만 전직 대법관까지 지낸 이의 눈을 속일 순 없었다.

"그게 아니라 일은 벌여 놨는데, 마땅한 대비책이 없는 거 아니요."

"예?"

"언론에서 한목소리로 말합디다. 의혹은 무성한데 아직까

공정거래
위원회

지 입증된 한 방이 없다고. 망부석 같았던 김 국장도 요즘 뜨문뜨문 언론에 얼굴 비추기 시작했어. 이제 놈도 적극적으로 대응하고 있다고."

수사가 지연되니 김 국장도 서서히 자신감을 찾았다. 이젠 더 이상 그도 카메라를 피하지 않았고, 군소 언론사에 계좌 내역을 보내 입장을 적극적으로 소명했다.

"고 회장님, 최후의 발악에 너무 큰 의미 부여 맙시다. 그래 봤자 사람들 아무도 안 믿어요. 설사 이 사태가 무혐의로 끝나도 사람들은 증거를 못 찾았다 생각하지, 죄가 없다 생각하지 않습니다."

"우린 사람들이 어떻게 생각하는지 딱히 중요하지 않아. 그래서 김 국장이 우리한테 내렸던 징계 결정, 번복할 수 있습니까?"

"백방으로 알아보고 있어요."

쾅—!

"대책 없을 때 변호사가 가장 많이 하는 말이 뭔지 아시오? 그 알아본다는 말입니다."

"……"

"설마, 한명그룹이 여기서 발을 빼진 않겠지?"

"무슨 말씀입니까?"

"당신들 목적은 김 국장 커리어에 똥칠하는 거 아니오. 본인들 목적은 다 이뤘으니 이젠 될 대로 되라, 이거 아닌가."

너무 정확한 지적에 할 말을 잃었다.

"설마, 그럴 생각이라면 단념하는 게 좋을 거요. 만약 변협이 얻어 가는 거 하나 없이 이 사태가 끝나면, 우린 누가 우릴 부추겼는지 언론에 폭로하겠습니다."

"그럼 변협도 건져가는 게 없을 텐데요."

"뭐?"

"기업과의 유착 관계가 드러나면 변협의 이미지 타격이 더클 겁니다. 이뿐이겠습니까. 이 사태에 도움을 줬던 정치권 인사들도 싸잡아 순장시켜 버리는 겁니다. 이들까지 적으로 돌리시려고요?"

고 회장의 발언은 협박성 발언이다.

아무리 뜻을 못 이뤘다 한들 변협이 그렇게 이판사판 나갈리 없다.

"그렇다고 저희가 변협을 배신하겠다는 건 아닙니다."

부회장은 조심히 서류를 건넸다.

"서울지검장과 저희가 나눈 대화입니다. 김 국장, 이번 주안으로 기소하시죠."

"지금 수사 진도를 하나도 못 뺐는데 기소를 한다고?"

"일단 기소부터 하고 진도는 나중에 빼지요."

"……검찰도 바보는 아닌데, 이에 응하겠소?"

"그러니 변협의 역할이 필요합니다. 족보 따지면 다 학연, 지연, 기수 선후배 아닙니까? 일단 기소하고 영장도 청구해 보죠. 저희가 세게 나가면 공정위도 재심의 마음대로 할 수 없을 겁니다."

고 회장은 축 늘어진 얼굴로 고개를 숙였다.

직감적으로 이게 자신들이 쓸 수 있는 마지막 카드란 걸 알았다. 하지만 자신은 없다. 안 그래도 버티고 있는 김태석 국장이 기소하고 영장 친다 해서 달라지겠나.

"고 회장님, 이건 제가 낼 수 있는 마지막 방법입니다. 그놈이 기소되고 구치소 콩밥도 좀 먹어 봐야 공정위가 고분고분해질 겁니다."

여러 고민이 들었지만 부회장의 마지막 말이 그를 설득했다.

"그래……. 기왕 판 벌인 거 제대로 해야지."

"뜻을 이해해 주셔서 감사합니다."

"한데 기소가 안 먹히면 어쩔 작정이오?"

"그땐 저희를 너무 원망 말아 주십쇼. 저희도 최선을 다한 겁니다."

마음에 들지 않는 답변이었지만 고 회장도 더 이상 그를 채근할 수 없었다.

❧

"아니, 이제 와 그걸 왜 재심의하겠다는 거야? 누가 봐도 변협이 잘못한 거잖아."

"이러다 결과가 뒤바뀌는 거 아니야?"

변시 출신 변호사들은 이 상황이 불안하기만 했다.

법톡에 가입해 이미 생업을 잘 일궈 나가고 있는 이들이다. 공정위 징계가 번복되면 생업을 잃을지도 모른다. 아니, 잃을 것이다. 가뜩이나 사시 출신에 비해 경쟁력이 뒤처지는 이들이니까.

"아무리 봐도 이상해. 의혹은 무성한데 아직도 뭐 하나 나온 게 없어."

"이런 사건에 정치권까지 한마디씩 거드는 게 흔한 일이야?"

아무리 생각해도 잘 짜인 각본이란 인상을 지울 수 없다. 더 웃긴 건 검찰이 슬금슬금 김 국장 기소 얘기를 꺼내고 흘리고 있다는 것.

언론에 떠보기용 기사를 내보내고 있는데, 이것이 여론몰이용이란 걸 이들은 잘 알고 있었다.

수사를 진척시킬 만한 단서를 포착한 것도 아니고, 그냥 이런 대치 상황에서 수위를 높이는 건 흔하지 않다.

"뒤에 공조자가 있다니까!"

만약 이 말이 사실이면 공정위 징계도 곧 번복되리.

하지만 사람을 믿어선 안 된다. 노동변호사, 인권변호사 등 한평생 공익적 생활을 했던 사람도 비리가 터지는 게 이 바닥이다.

김 국장의 청렴결백이 거짓이었을 가능성도 무시하지 못한다.

"만약 받았다면……. 어떻게 되는 거지?"

"절차상 문제 잡아 변협이 재소하겠지."

"솔직히 이대로 가면 필패야. 지금 부글부글 끓어오르는 여론 보이지?"

"변협이 결코 직무 정지 1개월로 끝내지 않을걸."

"김 국장 기소 얘기 오가던데."

모두들 침통한 얼굴을 감추지 못할 때, 한 사내가 말했다.

"우리 재심의 담당자는 언제 온대?"

"2시까지니까, 곧 오겠네."

"우리의 억울함에 대해 말하는 건 무린가……."

"……가망 없어. 언론에서 무자비하게 폭로 이어 가면서 지금 공정위 사람들 다 위축되고 있대."

"정치권이랑 언론이 바람 잡고, 검찰은 칼로 쑤시는데 누가 남아나겠어."

"재심의는 요식 절차야. 이 자식들은 어쩌면 우리까지 이 비리에 연루되어 있다고 몰아갈걸."

똑똑.

그때였다. 별안간 문 바깥에서 노크 소리가 들렸다.

기다리고 기다리던 재심의 담당자와의 미팅이었다.

처음 만난 변시 출신 변호사들은 경계하는 눈빛이 한가득이었다.

"우리를 찾으신 이유가 뭡니까?"

"제가 이번 사건 재심의를 맡게 됐거든요. 현 상황에 대해 논의해 볼까 하는데."

"무슨 논의요?"

"언론에 이 사건이 왜 나간다 보세요?"

잠시 침묵이 흘렀다.

"아무래도 이권이 크게 걸려 있는 문제다 보니."

"단순한 잡음은 아닌 것 같습니다만. 혹시 법톡과 김 국장의 유착 관계에 대해 아는 게 있습니까?"

역시나 자신들을 의심하고 있다.

예상과 한 치도 다름없는 질문이 나오자 이들도 곱게 말이 나가지 않았다.

"우리야 모르는 일입니다만 그걸 왜 우리한테 묻죠?"

"만나는 사람마다 묻고 있는 질문입니다. 오해는 마세요."

"그러지 말고 툭 까놓고 말씀하세요. 우리가 법톡과 꿍꿍이를 벌여서 김 국장 구워삶았다고 생각하시죠?"

이들의 발끈이 기분 좋게 느껴진다.

"네. 변협은 그렇게 주장하더라고요."

"말도 안 되는 소리! 그건 변협이 우릴 매도하고 있는 겁니다."

"매도?"

"신생 플랫폼 나오면 당연히 젊은 사람들이 적응하기 빠르죠. 아니, 아예 중개 플랫폼이 없으면 사시와 변시 출신 중에 누구한테 더 유리하겠습니까?"

"법톡이 생기면서 우리 입지가 늘어난 건 맞아요. 그리고 우리 같은 사람들은 법톡에 우호적일 수밖에 없죠."

"근데 그렇다고 하지도 않은 청탁을 했다고 하는 게 말이 됩니까!"

성질을 돋우니 그들이 반응했다.

진심으로 억울해하고 있다. 속에 있는 말을 들으니, 오히려 안심되었다. 변협의 대표성을 무너트릴 수 있을 것 같다.

준철은 찻잔을 내려놓으며 넌지시 말했다.

"그렇게 억울하시면 좀 더 적극적으로 언론에 설명해 보시죠."

"예?"

어안이 벙벙한 얼굴.

이해 못 한 듯하다.

"들이받으세요."

"예?"

"이 싸움의 시작은 변협의 억지 징계 때문 아닙니까. 법톡에 가입한 변호사들, 아무런 법적 근거도 없이 징계했잖아요."

한 사내가 코웃음을 쳤다.

"이런 말까진 안 하려 했는데, 팀장님께선 경험이 없어도 너무 없으십니다. 현 상황에서 우리가 변협에 반기를 들면 사람들이 뭐라 생각하겠어요? 우리까지 싸잡아 법톡과 유착 관계가 있다 생각하겠지!"

"맞아. 우리가 지금 반기 드는 건 자살골이야."

사실 이들은 준철의 첫인상부터 마음에 들지 않았다.

재심의는 이들에겐 마지막 남은 동아줄이다. 세상 물정 모르는 놈이 이래라저래라하는 것이 고깝게 느껴졌다.

"역시 사람 마음 다 거기서 거기구먼. 고양이 목에 방울 달자 하면 꽁무니 빼기 바빠."

하지만 이들의 투정을 받아 줄 시간이 없었다.

"뭐?"

"이 사태의 본질이 뭔 줄 아쇼. 변호사 협회가 말도 안 되는 구실을 잡아 변호사들에게 징계를 내렸어. 우리 공정위는 그 부당함을 바로잡고자 변협을 징계한 거고."

"이 사람이……."

"왜 그랬겠습니까. 이게 당신들 밥그릇 싸움이란 걸 몰라서?"

분노가 치밀었다.

막말로 김 국장이 아무런 조치도 취하지 않았다면 저런 곤욕을 치르지 않아도 됐다.

누군 원리 원칙 지키겠다고 정치적 부담까지 떠안았는데, 이해 당사자들은 작은 요청에도 발작이다.

"솔직히 여러분이야말로 법톡 같은 플랫폼이 절실하지 않습니까? 사시 출신에 비해 경쟁력은 떨어지겠다, 광고할 플랫폼도 마땅치 않겠다. 아쉬운 건 여러분들이잖아요?"

"……."

"변협이 주장하는 수임 질서. 이건 그냥 서로 몸값 경쟁하지 말자는 엄포입니다. 누가 더 불리한지는 여러분들이 더 잘 알겠죠."

조금 직설적으로 말해 주니 불만이 사라진 얼굴들이다.

준철은 이들을 못마땅하게 훑으며 엉덩이를 들었다.

"법은 잠자는 권리를 보호하지 않는다, 법전 공부할 때 제일 많이 들어 보셨을 겁니다."

"……."

"진흙탕이다, 자살골이다 하는 변명 뒤로 숨지 마세요. 여러분들이 적극적으로 나서지 않으면, 당연한 권리도 못 찾아 갑니다."

준철이 나가자 한동안 침묵만 흘렀다.

"……저 새끼는 뭐야?"

"나이도 어려 보이는 놈이 누굴 지금 가르치려 들어."

회초리 한 대 따끔하게 맞았으니 원망부터 드는 게 사실이다.

하지만 이들은 현실 파악이 빠른, 소위 말하는 배운 자들이었다.

"……틀린 말은 아니야. 변협이 계속해서 모든 변호사를 대표하는 양 굴잖아."

"그렇다고 뭐 우리 의견을 듣기나 해? 고 회장 그 늙은이는 변시 출신들 아주 노골적으로 차별해!"

"솔직히 법톡 같은 플랫폼 없어지면 우리만 피해야. 우리도 좀 조직적으로 나서야 하나."

"그건 좀 신중하자. 솔직히 김 국장이 법톡에게 로비를 받았을 가능성, 아예 무시 못 하잖아. 아직 수사는 진행 중이라고."

"근데 이쯤 되면 패 다 깐 거 아니야? 검찰이 눈에 불을 켜고 까는데, 아직도 결정적 증거 안 잡혔잖아."

"맞아, 판 벌인 거에 비하면 수사 진도가 너무 미진해."

요란한 뉴스와 달리 수사 진도는 구만리다.

의혹만 반복되지, 이렇다 할 증거는 하나도 잡히지 않았다. 언론도 슬슬 피로를 느꼈는지, 어느새 중립적 기사가 나오기 시작했다. 엄정 수사를 촉구했던 여의도 의원들 SNS는 요즘 따라 잠잠하다.

"솔직히 난 저 어린놈 생각 괜찮다고 봐. 변협의 대표성 무너뜨려라, 이 말 아니야."

"지렁이도 밟으면 꿈틀해야 해. 우리 너무 당하고 있던 것도 있어."

어린놈의 그 마지막 말이 걸린다.

잠자는 권리는 보호해 주지 않는다……. 당사자들이 나서지 않으면, 공정위도 손을 떼겠다는 협박처럼 들렸다.

"어떻게 할까, 우리."

사람들의 시선이 상석에 앉아 있는 한 사람에게 향했다.

❧

"아무리 한명 그룹이라 해도 이건 너무한 거 아닙니까."

"이게 검찰에게도 좋을 겁니다."

"어딜 봐서요? 처음에 제기된 의혹 중에 확인된 게 아직 아무것도 없습니다. 그런 마당에 기소 치고, 영장까지 치라니."

서울지검장은 고운 말이 나가지 않았다.

마음 같아선 내일 당장 무혐의로 끝내고 싶은 수사다. 시간이 지날수록 억지 수사라는 게 여실히 느껴졌으니 말이다.

"그렇다고 여기서 덮으실 겁니까. 국민들은 검찰이 무능해 증거 못 찾았다고 생각할 겁니다."

"이봐요, 김 실장!"

"지검장님도 아시잖아요. 이젠 없는 죄라도 만들어야 한다는 거. 하다못해 탈세라도 잡아서 수사 결과를 내야 할 겁니다."

지검장은 치가 떨렸다.

없는 죄 만들어라, 이건 정치권과 기업의 공작에 검찰이 완벽하게 놀아났단 선언이다.

더욱 화가 나는 건 이들 말이 맞는다는 거다. 수사를 이렇게 키웠으면 탈세라도 잡아야 한다.

"그래서 뭐 준비한 자료는 있습니까."

"김태석 국장이 자식 둘 결혼할 때, 전세금을 줬더군요. 증여세 한 푼 내지 않고."

"8천만 원 두 번 지원한 거 말이오? 그럴 거면 축의금도 소득세 신고 안 했다고도 잡아넣으시죠."

"마뜩잖다는 거 압니다. 하지만 이번 일만 잘 견뎌 주시면 지검장님께도 보상이 있을 겁니다."

김 실장은 서류를 내밀었다.

"검사님께서도 곧 변호사가 되지 않습니까. 변협의 일원이 되실 텐데, 이게 나쁜 커리어는 아닐 겁니다. 저희 또한 섭섭지 않게 예우해 드리겠습니다."

지검장은 시큰둥한 얼굴로 서류를 제쳐 뒀다.

읽어 보지 않아도 된다. 어차피 전관예우를 어떻게 해 줄 건지에 관한 내용이겠지.

"나도 무작정 하겠단 말은 못 하겠소. 법조인으로서 그렇게 치사하게 꼬투리를 잡고 싶진 않거든."

"하면……."

공정거래
위원회

"여론 반응 좀 봅시다. 사람들이 우호적이지 않으면 난 여기서 접을 거요."

🌀

[檢, 김태석 국장 기소 검토]
[구속영장 발부할 가능성 농후]
[안 풀리는 수사, 결국 기소와 구속?]

이튿날.

언론사들은 어디서 주워들었는지 기소 관련 뉴스를 쏟아내기 시작했다.

기사는 김 국장이 철두철미한 사람이었단 게 주요 내용이었다.

기소와 구속이 왜 필요한지 그 당위성을 설명했다. 누군가의 사주를 받고 쓴 기사였으니, 대놓고 편파적이었다.

─근데 증거는 왜 이렇게 안 나와?

법톡에게 로비 받았다고 광고하더니, 왜 증거가 하나 없누?

─그러게 왜 갑자기 탈세 얘기로 흘러가나?

─법톡과의 청탁성은 입증 못 하나?

─이거 전형적인 별건 수사 아니냐?

기업청탁 증거는 안 나와, 갑자기 탈세 얘기 등장해. 이건 뭐임?

─좀만 기다려 봐라. 철두철미한 놈이었다잖아.

─철두철미가 아니라 죄가 없는 놈 아니냐?

─정치권까지 그렇게 가세했으면

뭐가 나오고도 한참 나왔어야 하는데……. 대체 언제까지 의혹만 제기함?

─요즘 들어 정치권 잠잠하던데…….

─ㅇ.ㅇ 의원들 SNS 잠잠함.

국민들도 바보는 아니었다.

이렇다 할 시원한 증거도 없이 의혹만 반복되니 서서히 의구심이 들기 시작했다. 사실 그럴 만큼 검찰의 기소가 무리수이긴 했다.

입만 열면 무죄추정의 원칙을 떠들던 이들이 증거 하나 없이 기소를 쳤으니.

게다가 구속영장까지 동시에 추진하는 건 누가 봐도 안달이 나 있는 것처럼 보였다.

"검찰 이 자식들 진짜 막 나가네!"

김 반장은 뉴스를 보며 치를 떨었다.

"아직 뭐 하나 확정된 것도 없는데. 이게 무슨 경우야!"

"그러게요. 해당 사건은 우리가 재심의 중인데, 이건 너무 무례한 거 아닙니까."

공정거래
위원회

"혹시 재심의 결과를 압박하려고 저러는 거 아니야?"

다들 같은 심정이다.

변협 징계가 청탁이었는지, 아니면 원칙에 입각한 결정인지 지금 재심의 중이지 않나.

보통 이럴 경우, 검찰도 재심의와 공조해 조사 상황을 묻는다.

준철은 무표정하게 일어났다.

"가시죠."

"네? 어디를요?"

"선 넘은 놈들 얼굴 좀 봐야겠습니다."

"검찰에요? 그 소용이…… 있겠습니까?"

반원들이 쩔쩔맸지만 준철은 옷가지를 챙길 뿐이었다.

김 국장 관련 소식을 왜 뉴스를 통해 알아야 하나. 그것도 재심의 과정에서 김 국장의 부정 청탁을 의심해 볼 만한 정황이 하나 없는데.

준철은 상황을 좌시하지 않기로 했다.

분한 마음을 달래며 서초구에 도착하자 짜증 섞인 목소리가 돌아왔다.

"나 붙잡고 늘어져 봤자 소용없어요. 재심의하느라 바쁘실 텐데 왜 검찰로 오셨어요?"

"기소를 왜 한 겁니까. 아직 재심의 결과도 나오지 않았는데."

"뉴스 못 봤어요? 김태석 씨 손에 묻은 꾸정물이 한가득입니다. 청탁에 탈세에 비리 종합 세트야."

"그중에 하나라도 증거 잡은 거 있습니까. 자식 결혼할 때 전세금 준 치졸한 거 말고."

담당 검사가 눈썹을 치켜들었다.

"치졸한 거?"

"법톡한테 청탁을 받았다더니 왜 갑자기 얘기가 엄한 곳으로 갑니까?"

"그자의 자산 내역은 수상한 거투성이니까! 불구속 수사로는 어림도 없을 거 같아 영장도 신청했소."

"하나도 못 밝혀냈으면서 더러운지 어떻게 알아요? 위에서 시켰겠지."

"뭐, 뭐야?"

"통상적으로 이 정도 깠는데 안 나오면 접어야지. 언론에서 제기한 의혹 중에 하나도 제대로 들어맞는 게 없잖아."

준철은 지금까지 담당 검사의 눈치만 살폈다.

김 국장의 생사 여탈권을 쥐고 있으니 눈치를 안 볼 수 없는 존재들이었다. 하지만 이렇게 막무가내로 나간다면 눈치 볼 이유가 없다.

"당신들 무슨 간첩 잡는 공안 검사야? 증거가 안 나오면 무혐의지, 왜 원하는 대답이 나올 때까지 캐. 위에서 안 시켰다고 할 수 있어?"

담당 검사가 입을 다물었다.

"치사한 짓 그만해요. 내가 재심의 들어가고 있는데, 변협이 날 협박합디다. 김 국장 꼴 나고 싶지 않으면 미련 그만 떨라고. 우리 재심의 결과 곧 발표할 겁니다. 공정위가 변협을 징계한 부분에 있어 원리원칙을 어긴 거 없어요."

"그건 알아서 하쇼. 우린 우리대로 할 겁니다."

"이보세요, 검사님."

"아, 세상 물정 잘 아는 사람이 왜 내 뒷다리 잡고 늘어져! 그래, 맞아. 이거 위에서 시켜서 계속 수사하고 있는 거요. 당신은 날 찾아올 게 아니라 김태석을 찾아가. 이 정도 했으면 제발 눈치껏 옷 벗으라고."

"……지금 뭐라고 했어요?"

"다신 나 찾아오지 말란 말이오. 부정 청탁으로 당신까지 엮어 버릴……."

그때였다.

별안간 법원 앞에서 확성기 소리가 들렸다.

—검찰은 해당 사건을 중립적으로 조사하라!
—엄정 수사 촉구! 편파 수사 타도!

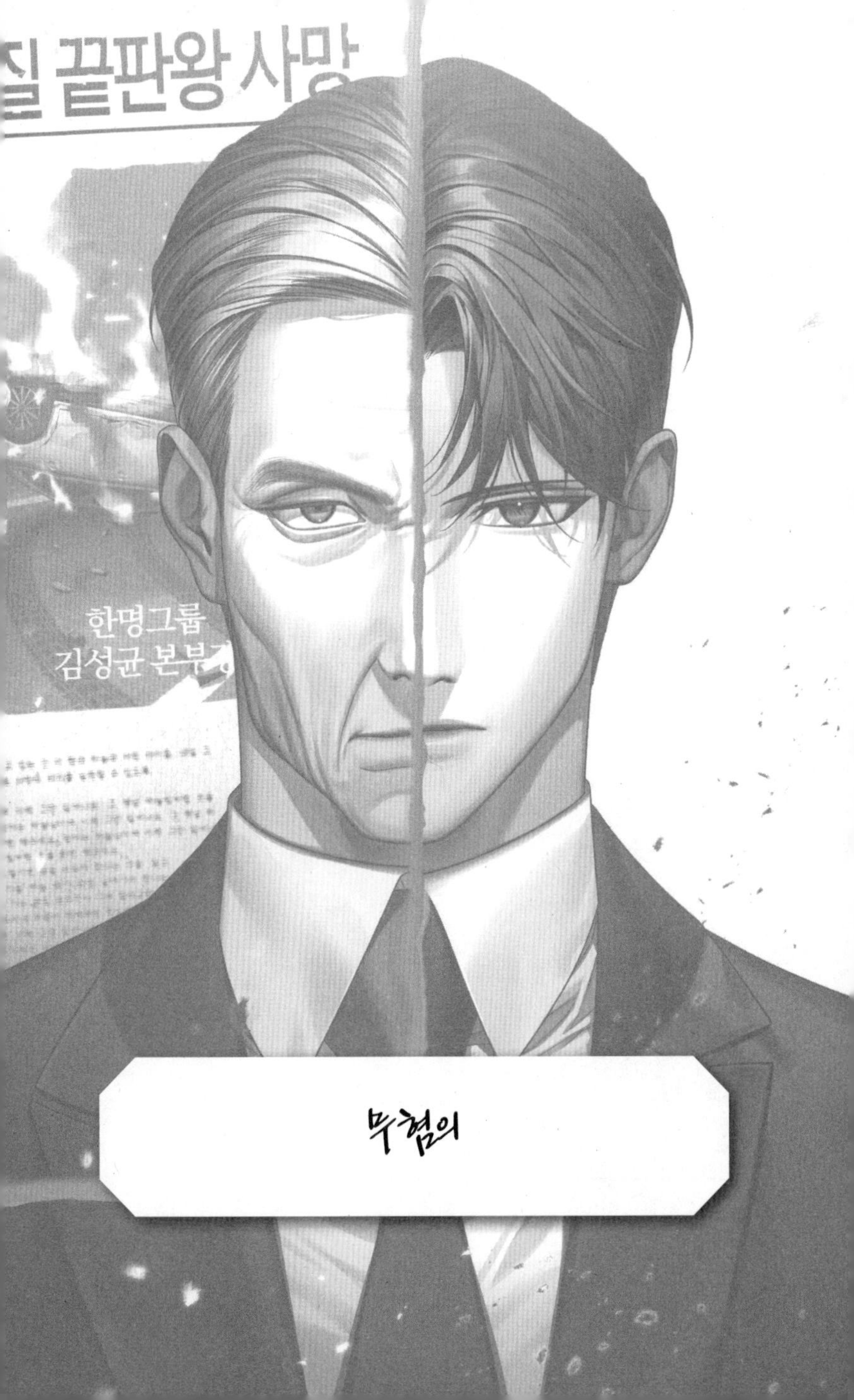

질 끝판왕 사망
한명그룹
김성균 본부
무혐의

―존경하는 국민 여러분.

저흰 그간 수면 위로 드러나지 않았던 변협의 만행에 대해 폭로하고자 합니다.

협회라는 울타리 안엔 골품제보다 혹독한 변시와 사시라는 계급이 있었습니다. 너무 만연해 어느새 당연하다 느껴질 정도였습니다.

이를 타파해야 할 고석춘 협회장은 신음을 외면하는 것으로도 모자라 입에 재갈까지 물렸습니다.

법톡에 가입한 변호사를 무더기로 징계시키는 게 과연 상식적인 행동입니까?

변협은 법조인으로서 품위를 저버린 자에게만 징계를 내릴 수 있습니다. 변협이란 울타리가 저희 변시들에겐 멍에이자 족쇄였습니다.

······(중략)······

이러한 독단적 결정으로 고석춘 협회장 이하 8인의 간부들은 공정위로부터 시정 명령을 받게 되었습니다.

최근 제기된 김태석 국장과 기업의 유착 관계는 검찰 수사에 맡겨야 할 영역입니다.

하지만 이와 별개로 법톡이란 플랫폼 자체가 잘못되었단 지적은 부당합니다.

변협이 주장하는 '수임 질서'는 몸값 경쟁하지 말자는 일종의 카르텔입니다. 수임료 경쟁이 없다면 변시보다 경쟁력 있는 사시가 득세하게 될 테니까요.

하여 저희 일동은 검찰에 엄정 수사를 촉구하는 바입니다.

유착 의혹과 별개로, 공정위가 내린 결정은 엄정하게 따져 봐야 합니다.

🌀

변시 출신들의 규탄 성명이 끝나자 주변에서 플래시 세례가 펼쳐졌다.

특종이다.

법에 대해 누구보다 잘 아는 이들이 집회 신고도 없이 검찰청 앞을 장악했다. 메시지도 파격적이다.

변시가 사시 출신들에게 차별받고 있다는 건 뉴스거리도

안 될 만큼 공공연한 사실이었다. 국민들도 이 차별에 대해선 어느 정도 당연하다 생각한다.

하지만 '수임 질서' 유지라는 명목하에 변시들을 학살하는 건 공감해 줄 수 없다.

"그러니까 사시 출신들은 법톡에 반감이 심하다는 거지? 몸값 경쟁하기 싫으니까?"

"황 선배, 오늘은 이거야말로 특종인데요."

"결국 변호사들끼리의 밥그릇 싸움이잖아."

김 국장의 영장 얘기는 이미 기자들 사이에서 한물간 뉴스가 됐다.

[변시의 반란] 발 빠른 기자들은 이미 헤드라인까지 뽑아서 보도국에 송고했다.

변시 집회를 주도한 사내는 뒤이어 300인 성명을 기자들 앞에서 공개했다. 이에 기자들의 질문이 빗발쳤다.

－이 300인 모두 변협에 불만을 가진 변호사들입니까?

"예. 이것도 빙산의 일각입니다. 법톡 가입자를 무더기로 징계할 때부터 내부에서 극심한 반발이 생겨났습니다."

－왜 지금까진 침묵했습니까? 이 사건은 이미 3심까지 간 걸로 알고 있는데요.

"국민들의 공감을 얻을 수 없을 거라 생각했습니다. 사시와 변시. 국민들이 어떤 눈높이로 저희를 평가하는지 아니까요."

－이제 와 나서는 이유는요?

"저희는 법톡 같은 플랫폼이 변시 출신 변호사뿐 아니라 의뢰인에게도 긍정적인 영향을 미칠 거라 확신합니다. 수임료가 낮아지는 만큼 국민들도 법에 더 가까워질 수 있죠. 하지만 변협은 기업 청탁 건으로 본질을 왜곡하고 있습니다."

–그렇다면 김태석 국장과 법톡의 유착 관계를 부정하는 겁니까.

"두둔하고 싶진 않습니다. 하지만 변협을 징계했던 공정위 결정이 결코 청탁이라 생각하지 않습니다. 시장 질서 수호를 위해서도 변협의 무모한 작태를 징계했어야 함이 맞습니다."

※

예고되지 않은 시위는 검찰 경비대에게 금방 진압되었다.

"변협의 일원이자 반대 의견을 가진 변호사로 현 변협 간부들을 강력히 규탄합니다!"

대표자는 호송차로 끌려가면서도 변협 비판을 쉬지 않았다.

발버둥 치는 시위자들과 이를 진압하는 경비대.

이는 변시를 탄압하는 변협 간부들의 단면을 보여 주는 듯했다. 변시와 사시의 갈등이 수면 위로 드러난 기념비적인 사건이 될 것이다.

준철은 그 역사적인 광경을 담당 검사, 지검장과 함께 감상했다.

'······다행이다.'

10분 남짓한 시위가 끝나자 손에 힘이 다 풀려 버렸다.

담당 검사 찾아가서 항의하고, 법적 근거를 대며 따지고······. 다 필요 없는 일이다. 기자들 불러다 놓고 이판사판 나가는 게 장땡인 것 같다.

"저것들 뭐야!"

지검장이 꽥 소리를 질렀다.

"법조인이란 놈들이 집회 신고도 안 하고 집회를 해?!"

"지, 지검장님······."

"저것들 싹 다 집어넣어. 그리고 서명에 동참한 변호사들 명단 파악해서 나한테 가져와."

충격이 그렇게 컸나?

상황 파악이 안 돼서 저러는 게 아니다.

예상치 못한 곳에서 한 방 먹으니 이성이 무너져 내린 것이다.

"왜요, 명단 입수하면 군기 한번 싹 잡으시게요?"

준철은 비아냥거리며 웃었다.

"하긴. 법조계가 다 한 다리 건너 한 다리지. 앞으로 그 명단에 있는 변호사들 만나면 형량을 더 세게 부르시려나."

"깝죽거리지 마. 이 어린놈의 새꺄."

"아이고······. 무슨 심정인진 알겠는데 말씀은 좀 가려 하세요."

"네가 시켰냐, 저놈들?"

"명단 입수해서 내 이름 찾아보세요. 이준철이가 있나 없나."

빈정거리는 건 그쯤 하기로 했다.

욕지거리가 자연스럽게 튀어나오는 걸로 보아 곧 멱살까지 잡을 기세다.

"마지막으로 말씀드립니다. 표적 수사 하지 마세요. 김태석 국장과 법톡의 유착 관계 확인된 거 아무것도 없습니다. 무리하게 기소, 영장 강행하시면……."

준철은 끌려가는 이들을 가리켰다.

"본인도 옷 벗고 저 사람들과 경쟁해야 해요. 부디 현명하게 생각하시길 바랍니다."

그 뒤 육두문자가 터져 나오고 담당 검사가 지검장을 만류하는 촌극이 펼쳐졌지만, 준철은 뒤도 돌아보지 않았다.

불쌍한 놈. 이성이 돌아오면 지금보다 더 혼란스러울 것이다.

❧

[변시의 반란, 결국 밥그릇 싸움?]
[변협, 정말 변호사를 대표하는 협회인가]
[고석춘 회장, 일련의 사태에 묵묵부답]

공정거래위원회

이슈는 이슈로 덮였다.

변시의 예고 없는 시위 속에 김 국장의 기소, 영장 소식은 토막 뉴스로 전락했다. 국민들의 관심도 그간 드러나지 않았던 변협의 내부 차별로 옮겨 갔다.

–그럼 사시랑 변시랑 같은 취급해 주는 게 맞냐?

누군 합격자 천 명 시절에 쎄빠지게 공부해서 들어가고, 누군 대학원만 진학했는데?

–그럼 그다음부턴 실력으로 겨뤄야지. 법톡이 변시들한테 특혜 준 것도 없는데 왜 징계함?

–공정위가 그 싸움에 참전 안 했으면 뒷말 안 나옴. ——^

–ㅋㅋㅋ 공정위가 시장 질서 저해 행위를 처벌 안 하면 직무유긴데?

–법원에서 판결 다 떨어지고 나서 처벌해도 늦은 건 아님. 괜히 섣불리 나섰고 재판에 영향 줬으니까 이 사달 난 거.

설왕설래가 이어졌지만 한 가지는 분명해졌다. 변협의 대표성이 크게 훼손됐다는 것.

–다 필요 없고 쟁점은 그냥 하나잖아.

김태석이 법톡한테 돈 받았어? 그럼 그 내역 까면 되잖아.

–ㅋㅋㅋ 증거는 없는데 의혹만 무성.

–아니 땐 굴뚝에 연기 날까 뭘 받긴 받았겠지. ㅇ.ㅇ

–그러니까 뭘 받았냐고~ 검찰아, 제발 증거 나온 거 있으면 좀 까봐.

"어떻게 됐어?"

"집시법 위반이긴 하지만……. 그냥 훈방 조치 했답니다. 청장님께서 직접 지시하셨답니다."

"뭐? 청장님이?"

"네. 더 이상 불필요한 오해를 줄이겠다고……."

9시 뉴스가 끝난 지 한참 지났지만 수사팀은 퇴근할 수 없었다.

뉴스를 기점으로 여론이 크게 요동치고 있다. 본래 의혹만 제기해도 유죄로 인정해 주던 국민들이 점점 증거를 내놓으라 압박하기 시작했다.

"그리고 한 가지 더 당부하셨습니다. 이 사건에 다른 혐의 엮지 말라고요."

가뜩이나 불안한데 청장님이 쐐기를 박는다. 별건 사건 만들지 말라는 엄명 아닌가.

원래 본수사 안 풀리면 별건 수사라도 쳐서 성과를 만들어야 하는 게 검찰의 숙명이다.

이걸 청장님이 직접 차단해 버렸으니……. 오로지 이 사건만 가지고 승부 봐야 한다.

한데 눈 씻고 찾아봐도 증거는 없다.

지검장이 한숨만 푹푹 내쉴 때 용기 있는 검사가 입을 열었다.

"지검장님. 아무래도 영장 청구가 악수가 된 것 같습니다.

증거라도 하나 잡아야 명분이 생기는 건데……. 너무 무모했어요."

"……."

"솔직히 벌써부터 표적 수사란 얘기가 나오기 시작합니다. 만약 영장이 허가 난다면 그대로 역풍이 불 것 같습니다."

그자의 말에 아무도 반박할 수 없었다.

사실 역풍은 이미 불고 있다 해도 과언이 아니다. 김태석 국장이 주목받기 시작하며 그의 이력도 함께 조명됐다.

군납 비리 때 양당 의원들을 쥐 잡듯 잡았고. 대한전력 사건 때는 공공기관장 첫 처벌이란 기념비적 판례도 만들었다.

두 가지 사건 모두 정치권에게 미움받기 좋은 소재들이다. 아무리 국민들이 문외한이어도 이 정도로 구린 냄새를 맡지 못할 바보들은 아니다.

"……."

지검장이 머뭇거리자 다른 검사들이 가세했다.

"지금 당장 영장 철회해야 합니다. 아니, 영장이 아니라 기소도 무리예요."

"현재 여론을 보면 김 국장과 법톡을 의심하는 사람보다, 변협과 우릴 의심하는 사람들이 더 많습니다."

평검사들도 불안감을 토로할 정도로 상황이 좋지 않다.

지금은 여론이 살짝 기울었지만, 곧 변협과 검찰의 유착 관계를 의심할 사람들이 많아질 것이다. 이해관계가 너무 잘 맞아떨어지니.

"솔직히 이미 3심까지 다 결과 나온 거 아닙니까? 변협의 징계가 부당했다고."

"고석춘 회장. 대법관 출신입니다. 재판한 사람들 다 자기 선후배들일 텐데, 이런 결정 내렸다는 건 재론의 여지가 없다는 겁니다."

더 나가면 검찰도 무사하지 못한다.

물론 더 나가서 명확한 증거라도 잡으면 모르겠지만. 증거 못 잡으면 변협과 한통속 소리를 듣게 될 것이다.

지검장은 한숨을 내쉬며 고개를 들었다.

"영장 철회가 무슨 뜻인지 알지?"

"……네."

"사실상 우리 입으로 무혐의라 발표하는 거야. 정말 그래도 될 만큼 김태석이 재산 깨끗해?"

모두들 눈을 맞추지 못할 때, 처음 총대를 멨던 눈치 없는 검사가 다시 입을 열었다.

"우리가 강행해도 어차피 영장 판사가 기각시킬 겁니다. 그러느니 차라리 우리 손으로 철회하는 게 낫죠."

"……."

"그리고 전 김태석 국장 재산 내역 깨끗해 보입니다. 다른 재임 자료는 모르겠지만 최소한 법톡한테는 돈을 받지 않았습니다."

공정거래
위원회

[속보, 검찰 기소 철회]

[사실상 무혐의?]

[향후 수사 향방은?]

이튿날.

검찰의 기소 취하는 무수한 추측을 낳았다.

그간 수사 내용을 슬쩍 슬쩍 흘려가며 여론몰이를 해 가던 검찰이다.

그들의 급브레이크는 대단히 수상한 행적이었다.

─중수부 3팀, 금융 조사부 2팀, 거기에 감사원……. 여기에 국정원만 추가하면 뭐가 되는 줄 아십니까? 북한 보위부가 됩니다. 이건 사실 조사 팀이 아니라 특검 팀 규모였습니다. 그럼에도 결정적 증거가 안 나온 건 완전히 잘못된 수사라는 겁니다.

─가장 결정적인 건 변시 집회 같습니다. 변협의 대표성이 무너지니 검찰도 명분이 없었던 거예요. 국민들도 이 사태를 변호사들의 밥그릇 투쟁으로 인식하고 있습니다.

─최근 제기되는 정치권 야합 의혹도 검찰에겐 부담으로 작용한 것으로 보입니다. 김 국장 커리어가 다 정치권에서 미운털 박힐 만한 소재들이거든요.

ㅡ그냥 다 필요 없고 결정적인 한 가지! 그러니까 법톡이 나쁜 회사였
나? 수사 팀은 여기서 무너진 거예요. 국민들이 보기엔 중개 플랫폼의
장점이 더 많거든요. 공정위의 변협 징계가 이상하지 않다 보거든요.

본래 이기는 놈이 내 편인 법이다.
의혹이 제기될 때마다 씹고 뜯었던 정치 평론가들은 검찰
을 맹비난했다.

ㅡ의원님 말씀 좀 해 보세요~ 치욕스러운 공무원이라면서요~
ㅡ여기가 김 국장 사퇴를 가장 처음으로 요구했던 박 의원님 SNS 아
닌가요?

시시콜콜 논평을 냈던 의원들의 SNS는 곧 악플 테러로 뒤
덮였다.
그들이 남긴 논평은 캡처되어 커뮤니티를 떠돌았고, 이름
이 박제되었다.
양당 의원들은 SNS를 닫고 칩거에 들어갔지만, 대답을 피
하지 못하는 사람도 있었다.
ㅡ한 말씀만 해 주세요. 기소를 취하한 배경이 뭡니까?
ㅡ세간에선 표적 수사라는 말까지 나오는데, 사실입니까?
서울지검장은 껌딱지처럼 들러붙는 기자들에게 한마디 대
답도 하지 않았다.

공정거래
위원회

"좀 비켜 주시죠."

－그럼 한 말씀만 해 주세요. 왜 기소 취하했습니까?

"절차적으로 문제 될 수 있는 부분이 많아 내부 검토 중에 있습니다."

－그럼 다시 기소를 할 의향이 있습니까?

"……수사 상황은 기밀이기에 함부로 누설할 수 없습니다."

－그럼 지금까지 보도된 자료들은 다 기밀이 아니었습니까?

기자들은 한 치도 물러서지 않았다.

쫓고 쫓기던 지검장은 자연스레 검찰청에서 가장 볕이 잘 드는 포토라인으로 몰렸다.

포토라인에 지검장이 서는 건 자주 볼 수 있는 풍경이 아니다.

플래시 세례가 쇄도하자 지검장 이마에서 구슬땀이 흘렀다.

"언론에 어찌 흘러 간지는 모르겠지만……. 검찰이 수사내용을 흘렸다는 건 억측입니다."

－검찰이 아니면 알 수 없는 자료들이었는데요.

"현 수사는 저희만 맡고 있는 게 아닙니다. 공정위 감찰부도 있고……. 또 감사원도 있고."

－그럼 감사원에서 흘렸다는 겁니까?

"아니 그게 아니라……."

서울지검장은 논란 제조기였다. 입만 열면 폭탄 발언이다.

특종에 신난 기자들이 타이핑에 열을 올리자 그가 소리를 높였다.

"한 가지만 말씀드리자면 저희 검찰도 변협에 내부투쟁이 있는지 몰랐습니다. 이 부분은 저희가 다각적으로 검토해…… 공명정대한 수사를 진행할 계획입니다."

한동안 진땀을 뺀 지검장은 경비대의 도움으로 겨우 포토라인을 벗어날 수 있었다.

집무실로 올라간 그는 아직까지 사라지지 않는 기자들을 보며 한숨을 내쉬었다.

싸늘한 직감이 든다.

옷을 벗는 건 김 국장이 아니라 자신일 수도 있다는.

↻

"자료 반납할 거면 곱게 하지 이게 뭐야?"

"누가 아니래? 중구난방 다 훑어 놨구먼."

"감사원은 자료 정리하는 사람도 없나 봐."

검찰의 기소 취하로 종합국에도 여유가 찾아왔다.

감사원은 즉각 압수해 간 서류를 모두 반납했다.

자료를 택배 보내듯 뭉텅이로 주긴 했지만, 반납해 준 것만으로도 감지덕지한 일이다.

공정거래
위원회

"근데 검찰 너무 쪼잔한 거 아니야? 기소 취하는 사실상 무혐의란 뜻인데, 왜 무혐의 발표는 안 해?"

"설마 시간을 더 끌 작정인가."

"아서. 서울지검장 사색된 거 못 봤어? 이거 더 파 봤자 나올 것도 없어."

쪼잔한 인간들이다.

백기 들 거면 확 들어야지 아직도 수사할 여지를 남기고 있다.

"그나저나 이젠 우리도 업무 정상화해야 하는데……. 국장님 복귀하시려나?"

"글쎄다. 워낙 대쪽 같은 분이라. 무혐의 입증되면 물러나신다는 소문도 있는데……."

무죄는 증명했지만 실추된 명예는 돌아오지 않는다.

검찰의 목표가 처음부터 망신주기였다면 소정의 목적은 이뤘다.

공정위원장은 싱숭생숭한 분위기 속에 김태석 국장을 찾았다.

"사람 병신 만들더니 결국 결정적 증거 하나 못 찾았구면. 오히려 잘된 일이야. 자네가 깨끗한 걸 전 국민이 알게 됐잖아."

슬쩍 농담을 건넸지만 김 국장 얼굴은 밝지 않았다.

"액땜 한번 크게 했다 쳐."

"이거 참 웃어야 할지, 울어야 할지."

"웃자고 한 말인데 자네가 안 웃으면 내가 민망하다."

"얘기가 그렇게 되나요. 하하."

억지로라도 웃는 모습을 보니 그나마 마음이 낫다.

"자네도 인터넷 뉴스는 볼 거 아니야? 언론 분위기 완전 바뀌었다. 이젠 감사원하고 검찰하고 누가 수사 자료 흘렸는지 가지고 공방전이야."

"역풍이 무섭긴 한 모양이군요."

"암─ 판을 이렇게 키워 놨으니 한 놈은 책임져야지. 그나저나 검찰 이놈들 끝까지 치사하구먼. 기소를 취하할 거면 무혐의 발표도 함께하지, 쯧쯧."

위원장도 못내 그 점이 거슬렸다.

검찰에서 시원하게 무혐의 발표를 해 줘야 직무 정지도 철회할 수 있건만, 아무래도 그 용기까진 없는 모양이다.

어차피 별수도 없으면서.

"사실상 무혐의나 다름없으니 이대로 복귀하는 것도……."

"위원장님. 제 신변은 너무 걱정 마십쇼. 제가 또 은근슬쩍 복귀하면 그거 가지고 물어질 놈들입니다. 자중하겠습니다."

"자넨 돌아오고 싶은 생각이 없나 보군?"

"행동 하나하나가 조심스럽습니다."

김 국장의 너털웃음이 안쓰럽게 느껴졌다.

정치권, 검찰, 협회. 사방에 적들투성이가 아닌가.

무죄 입증과는 별개로 죄책감을 지울 수 없을 것이다.

이 사태로 종합국이 크게 휘청였으니.

"길게 쉴 생각 마. 요샌 종합국에서 올라오는 기획안도 없더라. 수장이 자리를 오래 비우면 분위기 흉흉해져."

"책임을 통감하고 있습니다. 다들 저 때문에 일하고 싶은 기분 아니었을 겁니다."

"그러니까 빨리 돌아와서 분위기 잡아 줘."

"안 그래도 오늘 드리고 싶은 말씀이 있었는데……."

김 국장이 안주머니로 손을 짚어 넣자 위원장이 바로 제지했다.

"이 사람이! 오늘 같이 좋은 날 왜……."

"오래 생각하고 결정한 겁니다. 위원장님 말씀대로 제가 옷 벗을 타이밍을 놓친 것 같더군요."

"그땐 내가 잠깐 실언한 건데, 왜 마음에 담아 두고 있어."

위원장은 펄쩍 뛰며 말렸다.

본인 때문에 종합국이 초토화됐으니, 당연히 옷 벗고 싶을 거다.

"무슨 조직의 수장이 분위기도 수습 안 하고 가? 이거 무책임한 거야."

그 말에 반박할 수 없었기에 김 국장도 주머니에서 손을 꺼냈다.

"그럼 나중에 말씀 드리죠."

"재론할 것도 없다. 자네는 그냥 권력자들 눈치 안 보고 조사하다가 미운털 박힌 거야. 한 번쯤 지나갈 풍파였고."

"……."

"자네 같은 사람이 위에서 버텨 줘야 아랫놈들이 일하기 편해. 알잖아?"

간절한 어조로 부탁했지만, 원하는 대답은 나오지 않았다.

"글쎄요. 제가 계속 남아 있으면 오히려 더 흔들지 않겠습니까."

"이 사람이……."

"위원장님 말씀대로 지금은 거론할 얘기가 아닐 것 같습니다. 검찰이 무혐의 발표하면 다시 말씀 드리죠."

위원장은 김 국장의 대답이 불안하기만 했다.

그의 고집스런 성미는 누구보다 잘 알고 있다.

한번 결심한 바는 절대 꺾지 않을 위인이다.

차라리 검찰이 무혐의 발표를 영영 안 했으면 하는 바람까지 들었다.

❧

"나한텐 솔직하게 말해 봐. 변시들 집합 시킨 거 너지?"

"아닙니다."

"그럼 갑자기 저놈들이 시위를 했다고?"

"가려운 부분 슬쩍 긁어 주긴 했는데……."

"이놈이 어디서 말장난을."

감사원에서 자료가 돌아오니 오 과장도 한숨 돌린 모양이다.

우중충하던 얼굴에 미소가 걸렸고, 말투도 가벼워졌다.

"나한테만 말해 봐. 변시들 어떻게 부추겼냐?

"별 얘기 안 했습니다. 우리 공정위가 잘못된 걸 바로 잡아 줬는데, 왜 이해 당사자들은 침묵했냐고 쏘아붙였죠."

"그 일장연설에 감동을 해 버렸다?"

"감동은 좀 그렇고. 결국 자기들 밥그릇 깨질까 봐 그런 거 아닐까요. 흐흐."

두 사람은 오랜 만에 오붓하게 웃으며 얘기했다.

"그나저나 분위기는 뭐 알지?"

"네."

"검찰이 기소 취하한 건 사실상 무혐의야. 쪼잔하게 그 발표는 없었지만."

"국장님께선 바로 복귀하시는 겁니까?"

"그건 아니다. 그래도 아직 검찰의 공식적인 발표는 없었으니."

"언제쯤 하시는 겁니까."

괜히 불안감이 들었다.

명예를 무엇보다 중요시 생각하는 국장님 아닌가.

설마 이 일 때문에 다른 마음이 드는 건 아닌지 걱정이 된다.

"직무 정지 1월 끝나면 복귀하시지 않겠어?"

"혹시 국장님께서 딴 마음을……."

"그런 염려는 마라. 우리가 상상하는 것 이상으로 강단 있으신 분이다. 나갈 때 나가더라도 업무 정상화는 다 하고 가실 거다."

나오는 말과 달리 오 과장도 이 부분은 확신할 수 없었다.

지금은 그렇게 믿고 싶을 뿐이다.

"아무튼 이제 우리도 재심의 결과를 발표해야 하는데."

"과장님 볼 것도 말 것도 없었습니다. 이 사태는 변협이 먼저 변호사들을 무단 징계해서 벌어진 사태였습니다. 저희가 변협을 징계한 건 시장질서 수호 면에 있어 정당했습니다."

준철은 사건을 덧붙였다.

"아울러 이 사건은 표적 수사 냄새가 진하게 납니다."

"뭐?"

"이게 무슨 시의성 있는 사건도 아니고, 증거도 하나 없었는데 수사 팀만 비대했단 말이죠. 이건 사주 없이 벌어질 수 없는 일입니다."

누군지 알 것 같다.

법조계를 마음껏 주무르며, 여의도 의원들까지 부추길 수 있는 사람. 없는 죄도 만들어 뒤집어씌울 사람.

그리고 공정위에 두 번 연속 당하고 자리를 내 준 사람.

"한명 그룹 최영석 부회장……."

"그만!"

위험한 소리가 나오자 오 과장이 즉각 입을 막았다.

"하여간 틈만 주면 위험한 소리야."

"과장님……."

"너 그게 얼마나 위험한 줄 알아? 그쪽에선 그냥 의혹만 제기했을 뿐이야. 이거 가지고 또 깊게 들어가면 언론 탄압이니 뭐니 말 나올 거다."

"그럼 저희도 그냥 의혹만 제기해 보죠. 뒤탈 없게끔."

오 과장의 눈이 튀어나올 듯 커졌다.

"뭐?"

"이 얘기 어디서부터 시작됐는지 출처를 찾아야죠. 저희도 의혹이면 됩니다."

의혹의 편리함은 그들만 쓸 수 있는 게 아니다. 공정위도 같은 의혹을 제기하면 그만이다.

결정적 증거도 안 나오는 사건이 왜 이리 커졌는가?

"지금 당한 만큼 갚아 주겠다는 거야?"

"갚고 말고의 문제가 아닙니다. 이런 의혹을 제기할 땐 대가가 뒤따른 걸 이해시켜 줘야죠."

"뻔지르르한 말로 둘러대지 마. 그냥 복수하고 싶다는 거잖아."

"……예. 전 당한 만큼 꼭 돌려주고 싶습니다. 솔직히 이 사태가 누구의 사주로 벌어졌는지 짐작 됩니다."

한명 그룹이다.

변협과 법조계, 대한민국 정치권을 한 힘으로 모을 수 있는 놈들은 그들밖에 없다.

"사실 대의를 위해서라도 이대로 넘어가면 안 됩니다."

"대의?"

"이 사태 무탈하게 끝나면 놈들은 호시탐탐 덤벼 댈 겁니다. 싹을 잘라야죠. 한 번만 더 무고한 사람 건들면 어떻게 되는지 보여 줘야 합니다."

단순히 복수심 때문에 이러는 게 아니다.

한 번이 쉽지 두 번이 어렵겠나.

한명 그룹은 사사건건 시비를 걸며 김 국장을 음해하려 들 것이다. 그걸 미연에 방지하려면 처절하게 앙갚음해 줘야지.

오 과장은 깊은 한숨을 내쉬더니 긴 고민에 잠겼다.

이 젊은 놈의 생각에 대해선 충분히 공감한다.

그냥 넘어가고 싶지 않은 게 그의 솔직한 심정이기도 했다. 하지만 여기서 반격에 나서면 어떤 결과가 나올지도 빤한 일이다.

"과장님."

"억울한 건 나도 마찬가지야. 근데 괜히 잠자는 사자의 코털을 건드리는 거일 수도 있다."

공정거래
위원회

"잠자는 사자 아니었습니다. 못 잡아먹어서 안달 난 사자 였습니다. 최선을 다해 물어뜯었는데, 상대를 잘못 만나 고 꾸라진 거죠."

"옌장. 이미 결심 굳혔나 보군."

"티 안 나게 하겠습니다."

오 과장이 피식 웃었다.

이 영악한 놈의 계획이 궁금해졌다.

"어떻게 해야 이게 티가 안 나냐?"

"내일 검찰에 저희 재심의 결과 통보할 겁니다. 무혐의 발 표 빨리하라고 재촉해야죠. 당연히 기자들 벌떼처럼 모여 있 을 겁니다."

"그때 슬쩍 한마디 흘리게?"

"네. 사건 재심의했는데 눈 씻고 찾아봐도 청탁으로 볼 만 한 내용이 없었다. 검찰이 무슨 증거로 사태를 이 지경으로 끌고 왔는지 우리한테 제출해 달라."

"크흐흑. 그놈들 입에서 '표적 수사였습니다'라는 말 나올 때까지?"

"물론 검찰이 대놓고 그런 시인을 하진 않겠죠. 대신 수사 팀의 수장이었던 서울지검장 옷은 벗길 겁니다."

그 정도면 이 사태가 표적 수사였다는 걸 국민들도 이해해 줄 것이다.

준철의 계획을 다 들은 오 과장은 얼굴에 웃음이 가득했다.

"골 때리는 놈."

어차피 말릴 수도 없고, 말리고 싶지도 않은 오 과장이었
다.

이 정도 봉변을 당하고 그냥 물러서고 싶지 않다.

이 젊은 놈이 가져온 계획도 그럴듯하고 마음에 들었다.

단순히 의혹 아닌가? 문제없이 끝나도 아무런 뒤탈이 없
는.

"그럼 한번 해 봐. 대신 너무 티 나게 하지 마라. 네 입에서
표적 수사 이런 얘기 안 나와야 돼."

"당연하죠. 상상력 풍부한 기자들이 제 뜻을 잘 알아듣고
기사 써 줄 겁니다."

"볼만하겠군."

오 과장은 재심의 결과를 준철에게 줬다.

"원래 사람이 당한 거 갚아 줄 땐 저도 모르게 흥분하는 법
이거든? 너무 우쭐거리지 말고 선 지켜."

❧

최영석은 쏟아지는 뉴스에 표정을 추스르지 못했다.

검찰의 기소 취하는 사실상 무혐의 발표다.

언론사들은 슬슬 이 사태가 왜 시작됐는지 책임을 따지고

들었다.

대한전력 사태와 일감몰아주기 사건이 바로 직전에 있었으니 누구의 사주였는지는 금방 파악될 것이다.

"……검찰도 더 이상 수사를 진행하는 게 무리라 판단한 것 같습니다. 아마 곧 무혐의 발표도 할 것 같습니다."

참패다.

이 정도 흔들면 김 국장이 옷을 벗을 줄 알았다. 그런 부류의 놈들은 치욕을 견디지 못하는 놈들이니까.

하지만 놈은 꿈쩍도 하지 않았고, 수사가 계속되어도 잡히는 증거는 하나 없었다.

오히려 전 국민을 상대로 그놈이 얼마나 깨끗한지 홍보만 해 준 꼴이다.

"부회장님. 그리고 진짜 중요한 말씀을 드리고 싶은데…… 공정위가 아무래도 출처를 찾는 거 같습니다."

반사적으로 한숨이 나왔다.

"출처?"

"수사 규모에 비해 너무 발견된 정황이 없으니……."

"어느 정도 수준일 것 같아?"

"근본적으로 다 따져 볼 것 같습니다. 어쩌면 저희가 변협을 부추긴 정황이 다 나올지도 모릅니다."

사실 어느 정도 예감하고 있는 일이기도 했다.

눈치 빠른 언론사는 이미 냄새 맡고 달려들었다. 부회장 자리에서 물러난 최영석이 이를 사주했다는 게 정치평론가들의 대체적인 평가였다.

"물론 변협도 가만있진 않을 겁니다. 고석춘 회장이 내일 검찰 앞에서 맞불 시위를 열겠답니다."

"하면 뭐가 달라지나?"

"그럼 언론사도 출처를 찾으려 하진 않을 겁니다."

다 필요 없는 일이다.

이미 그룹 내부에서도 최영석의 소행이란 소문이 돌지 않은가.

차라리 찍어 눌러서 김 국장을 사퇴라도 시켰으면 최영석의 건재를 과시할 수 있었을 거다. 하지만 힘은 힘대로 썼는데 아무런 결과도 없다.

생각을 거듭할수록 최영석은 자괴감만 들었다. 이미 자리를 내 던지며 경영권에서 상당히 멀어진 게 사실이다.

만약 이 자리에서 자신이 사주한 정황까지 드러난다면 경영권 승계는커녕 그룹 내 계열사라도 하나 물려받을 수 있을지 미지수다.

"그래…… 그거라도 해 봐. 머리를 깎든 단식을 하든 절대 그냥 당해선 안 돼."

"네. 변협이 꿈틀하면 저쪽도 그냥 덮는 걸 바랄 겁니다."

"동시에 협상도 계속해. 무혐의 발표 할 테니, 이쯤에서 싸움 끝내자 전해."

김 국장의 무혐의 발표와 맞바꾼 휴전 협의.

 과연 공정위는 여기에 응할 용의가 있을까?

 김 실장은 가능성 없는 얘기라 생각했지만, 그 얘길 입 밖
에 꺼내진 않았다.

 ◈

−검찰의 기소 취하를 강력히 규탄합니다!

−힘에 굴복한 검찰의 작태를 강력히 규탄합니다!

 검찰 앞에선 변협의 마지막 발악이 한창 진행되고 있었다.

 고석춘 회장을 위시로 한 변협 간부들은 떼를 쓰듯 이 앞
에서 시위를 벌였다.

−많은 국민들이 말하고 있습니다. 증거를 찾을 수 없다 해서 죄가 없
었던 건 아니라고! 세상엔 죄가 명백하지만 증거불충분으로 무죄가 된
사건이 많습니다.

 고석춘 회장은 마이크를 붙잡으며 안간힘을 썼다.

−특히나 저희는 이 사건이 변호사들 간의 밥그릇 싸움으로 변질된 것
에 깊은 회의감이 듭니다. 무분별한 경쟁으로 이미 법조계의 수임 질서

가 많이 무너졌습니다. 이를 바로잡고자 했던 저희들의 징계 결정이 국민들에겐 밥그릇 지키기로 보였습니다.

−단언하건대 이는 사주에 의한 정치 공작입니다. 몇몇 불온한 변호사들이 공정위와 결탁해 흠집 내기 집회를 연 것이라 확언할 수 있습니다. 공정위는 이 문제로부터 떳떳한지요?

−이에 대해 출처를 요구하거나, 또 다른 역공을 퍼붓는 건 명백한 정치 보복입니다. 검찰은 엄정 수사를 계속함과 동시에 이로 인한 2차 피해를 막아야 할 것입니다.

맞불 집회는 보는 사람을 짠하게 만들었다.

공정위를 공격하는 척하지만, 실은 제발 자기 자신들을 공격하지 말아 달라는 최후의 발악이었다.

하루가 멀다 하고 특종거리가 쏟아지니 기자들만 살판났다. 기자들은 맞불 집회 영상을 생생하게 담으며 이 쇼의 클라이맥스를 기다렸다.

"오− 나온다, 나온다."

"카메라, 카메라!"

바리깡이 등장하자 기자들의 움직임이 바빠졌다.

삭발 투쟁은 시청률 보증수표다. 뒤이어 변협 관계자들이 일렬로 도열했고 고석춘 회장의 구슬픈 외침이 들렸다.

−공정위의 변협 탄압과 검찰의 물렁 수사를 강력히 규탄합니다.

"흐흑…… 협회장님!"

"이건 아닙니다!"

"공정위는 변협 탄압을 중단하라!"

바람잡이들은 눈물 콧물 빼면서 이 상황을 더 구슬프게 보이려 연출했다.

그때 이들 사이로 준철이 나타났다.

"아직도 이러고 계십니까."

덕분에 경건한 분위기가 한순간에 산통이 깨졌다.

"뭐야, 당신은."

"공정위 이준철입니다. 오늘 재심의 결과 발표하려 했는데 여기서 이러고 계시군요."

"옳거니, 주인공 납셨구먼. 당장 탄압 수사 그만해. 오늘은 삭발투쟁이지만, 다음엔 누구 하나 죽을 때까지 단식 투쟁할 거라고."

고개를 돌리니 개리 올드만처럼 멋지게 이발한 고석춘 회장의 모습이 보였다.

"예쁘게 이발하셨네요. 젊은 사람들 사이에선 이런 걸 투블럭이라 합니다."

"뭐?"

"저도 마침 내년엔 헤어스타일 좀 바꿔 볼까 했는데……."

그때였다.

준철은 그들이 가지고 있던 바리깡 하나를 낚아챘다.

그러더니 부지불식간 자신의 머리를 밀어 버렸다.

상황 파악도 안 되는 찰나의 순간.

변협관계자는 이 미친놈의 돌발 행동에 입을 다물지 못했다. 순식간에 머리를 민 준철은 머리를 탈탈 털며 그들을 노려봤다.

"이런 건 누구나 할 수 있어요. 근데 뭐 머리카락 한 달 만 있으면 다 자라지 않겠습니까."

"이, 이게 무슨."

"근데 실추된 명예는 한 달이 아니라 1년, 10년이 지나도 복구되지 않아요."

그까짓 머리카락은 김 국장의 실추된 명예와는 비할 바가 아니다.

어느새 머리를 다 민 준철은 씨익 웃으며 원고를 들었다.

"오늘은 저희 재심의 결과를 말씀드리고자 합니다."

기자들은 이 진풍경에 바빠졌다.

"거두절미하고 말씀드리자면, 징계 번복은 없습니다."

찰칵 찰칵.

"변협의 무더기 징계는 부당했고, 법톡의 영업 행위가 수임 질서를 해친다고 볼 수 없습니다. 건전한 시장 질서 조성을 위해 변협의 징계는 불가피했습니다. 다시 한번 강조 드립니다. 공정위의 징계는 정당했습니다."

변협 관계자들의 얼굴이 새파랗게 변했다.

**공정거래
위원회**

"아울러 이 사달의 원인이 어디서부터 시작되었는지, 의문을 제기하지 않을 수 없습니다. 수사 규모에 비해 의혹이 과도했던 건 사실이니까요."

"그, 그만해. 이건 억지야."

"변협이야말로 특정 기업과 결탁해 의혹만 무성하게 제기했던 것은 아닌지요. 사실 검찰은 이미 기소를 취하했음에도 아직까지 무혐의 발표를 하지 않고 있습니다."

준철은 눈에 힘을 줬다.

"검찰이 하루빨리 수사 결과를 발표하길 촉구합니다. 이 수사를 어떤 근거로 진행했던 건지 명확한 설명이 필요할 겁니다. 또한 비리가 확정되지 않았음에도 한마디씩 거들었던 의원님들의 소감도 듣고 싶습니다."

그때 참을성 없는 기자 하나가 손을 들고 외쳤다.

─지금 표적 수사 의혹을 제기하시는 겁니까?

─답변해 주십쇼! 지금 표적 수사 의혹을 제기하시는 겁니까?

너무 티가 나게 말을 흘렸나. 눈치 빠른 기자들은 이미 저의를 간파한 듯 보인다. 그걸 시작으로 기자들의 질문이 빗발쳤다.

─그렇다면 의심 가는 출처가 있습니까?

─양당 의원들도 가세했는데 여기와도 연관이 있다 보시는지요?

─혹시 한명그룹 아닙니까? 대한전력 사태부터 비자금까지…….

더 위험한 질문이 나오면 곤란하다.

"책임질 수 없는 의혹을 제기하는 건 바람직하지 않다 생각합니다. 하지만 이 사태가 어떻게 이리 커졌는지 많은 국민들이 궁금해하고 있죠. 모쪼록 검찰이 납득 가능한 설명을 해 주길 바랍니다."

홀연히 사라지자 기자들의 원성이 빗발쳤다.

"아니 잘 나가다가 또 왜 밀당이야?"

"표적 수사 같다는 말 한 마디가 그리 어렵나?"

"어렵긴 어렵지……. 그러다 또 표적 수사가 아니면 공수 교대되니까."

불쌍한 기자들이다. 양측은 서로 의혹만 제기할 뿐 이렇다 할 증거 하나 내놓지 않는다. 빈 퍼즐을 찾으러 다니는 건 기자들의 몫.

"이거 또 우리가 기사 내면 나중에 가서 추측성 기사였다고 발뺌할 거지?"

한두 번 당해 보는 일도 아니다. 막상 그렇게 기사 써서 시끌시끌해지면 기자들이 추측성 기사를 썼다고 매도할 놈들이다.

하지만 세월 좋게 엉덩이만 붙이고 있을 순 없다. 발 빠른 기자들은 이미 속보를 타전했고, '표적 수사 의혹'이란 말만 뺀 아슬아슬한 기사 제목들이 우후죽순 쏟아졌다.

"김 선배, 보도국에서 연락 왔습니다! 이미 영성일보가 속보 터트렸다는데요."

공정거래
위원회

"우린 기사 타이틀도 못 뽑았습니다."

발표는 끝났다. 이젠 언론사 간의 속보 경쟁.

우후죽순 쏟아지는 기사들을 보며 선임 기자 한 명이 결단을 내렸다.

"……공정위 관계자, 명백한 표적 수사. 이걸로 헤드라인 따자."

"예? 하지만 저 사람은 표적 수사란 말을 직접 꺼내진 않았는데……."

"본새를 봐라. 저게 표적 수사 의혹 아니면 뭐냐? 그리고 사건이 이렇게 커지는 건 표적 수사가 아닐 수가 없어."

"……결국 추측성 기사를 써야겠군요."

"일단은 터트려. 나중에 문제되면 그때 가서 수습하면 되는 거고. 막말로 지들이 말을 애매하게 한 게 잘못이지."

선임 기자는 혀를 끌끌 차다 불현듯 돌아섰다.

"아니다, 어차피 표적 수사 의혹 다 쓸 텐데 좀 더 자극적인 거 없나? 김 기자, 이거 수사 사주한 거 한명그룹이 가장 유력해 보이지?"

❦

[재심의 결과 발표, 아무런 단서 없어]
[변협에 대한 공정위 징계는 정당]

[공정위 관계자, 명백한 표적 수사 주장]
[사태의 파장은?]

치열한 보도 경쟁 덕분에 하고 싶은 말이 모두 뉴스를 탔다.

분위기가 완전히 반전되었다는 건 그날 9시 뉴스에서 확인할 수 있었다. 김 국장 의혹 일색이던 뉴스가 순식간에 검찰 표적 수사로 바뀌었으니 말이다.

[한명그룹의 소행?]

기특한 언론사 몇 곳은 한술 더 떠 한명그룹까지 거론했다.

사실 한명그룹이 거론되는 건 시간문제였다. 사태가 있기 바로 직전에 두 번 연속 공정위에 당하지 않았나.

김 국장 커리어가 조명되며 그가 어떤 기업에 원한을 샀는지도 만천하에 알려지게 되었다.

"역시 사람은 죄짓고 살면 안 돼."

"그러게요. 한명그룹 이제 아차 싶겠습니다."

"요즘 세상이 어떤 세상인데 없는 죄를 뒤집어씌워?"

반원들은 쏟아지는 의혹 기사들을 보며 통쾌하게 웃었다.

마음 같아선 언론사에 익명 제보를 해 버리고 싶다. 최영석이가 시킨 일이라고. 아주 사소한 근거라도 하나 있었으면 당연히 그리했을 거다.

"팀장님, 기자들이 냄새 다 맡은 거 같습니다."

"그러네요."

하지만 이를 전해 듣는 준철의 기분은 별로 좋지 않았다.

"무혐의 발표 때문에 그러시죠?"

"……"

"검찰이 심통을 좀 심하게 부리네요."

그도 그럴 것이 검찰이 아직까지 강짜를 부린다.

사실상 끝난 수사이건만 계속해서 무혐의 발표를 미루고 있지 않은가.

준철은 그 무엇보다 이것이 걸렸다. 김 국장의 누명이 바로 자신 때문에 비롯되었다는 걸 알았으니까.

"마음 쓰지 마세요. 솔직히 팀장님이 할 수 있는 거 다 하셨습니다."

"맞아요. 삭발 시위 현장에서 맞삭발 해 버리는 게 어디 흔한 일입니까?"

준철은 휑해진 머리를 어루만졌다.

고마운 마음이 국장님께 조금 전달됐으려나.

이까짓 머리는 솔직히 신경도 쓰이지 않는다. 한 달이면 다 자라나는 머리……. 명예가 실추된 김 국장의 괴로움에 비할 바가 아니다.

준철은 감상적인 생각에서 벗어나 서류를 들었다.

"재심의 결과 검찰에 다시 한 통 보내 주세요. 만약 이번 주 안으로도 무혐의 발표 안 하면……. 진짜 끝장 봅시다."

"난 아무래도 이번 생에 지은 죄가 많나 봐. 말년을 편하게 보낼 팔자가 아닌가 보이–."

"……."

"우리 한명그룹 임원들에게 특별히 고맙지 뭐야. 내가 밥 숟갈도 못 들 정도로 기력이 쇠했는데, 뉴스를 보니 눈이 번쩍 떠지더군."

한명그룹 꼭대기 층에선 진풍경이 펼쳐졌다.

최영호 회장이 경영 일선에서 은퇴한 지 벌써 5년. 2세 체제로 돌입하며 남이나 다름없던 전(前) 계열사 사장들이 한 자리에 집합당한 것이다.

"내 장례식을 좀 일찍 했다 쳐. 오랜만에 얼굴들 보니 반갑지?"

한때 그룹을 호령했던 최 회장은 몰라보리만치 노쇠해져 있었다.

팔에 꽂은 링거와 밑에 단 오줌주머니는 그가 살날이 많지 않다는 걸 말해 주었다.

"왜들 말이 없어?"

"죄, 죄송합니다."

"자네들이 왜 죄송해. 자식새끼 망나니로 키운 내가 죄송해야지."

세 아들은 얼굴도 들지 못하고 고개를 땅에 처박았다.

"거두절미하고 말하겠네. 임원들, 더 이상 줄 서지 마."

"……."

"그룹 내 수상한 자금 흐름이나 비리가 있으면 감사과로 달려가. 내부 고발 적극적으로 하란 말이야. 만약 알면서도 묵인하는 임원이 있으면 공범으로 알겠네. 내 손으로 모가지를 직접 칠 게야."

기력 없는 목소리였지만 눈빛만큼은 총기를 잃지 않았다. 자기가 내뱉은 말은 반드시 지킬 사람이다.

"아직도 못 알아듣는 사람은 없겠지?"

"예…… 알겠습니다."

"자네들한테 할 말은 다 끝났으니 이만 물러가. 최 이사와 최 상무도."

두 아들과 임원들이 부리나케 물러가자 최 회장의 시선이 이 문제의 원흉에게 향했다.

"부회장, 아니. 장남."

"아, 아버지. 죄송합니다."

"일감 몰아주기 의혹이 아직 재판 중이라지? 선택해라.

실형을 살래, 아님 경영일선에서 영원히 은퇴하고 대주주로 살래."

"예?"

"검찰을 그렇게 부추겨서 이 사달이 났잖아. 이젠 네놈에게 우호적인 검사도 없을걸."

"아, 아버지!"

"검사가 집행유예를 구형할 거란 생각은 집어치워라. 최소가 3년이다."

아버지의 따가운 시선이 닿았다.

하지만 이제 아들도 곧 환갑을 바라보는 나이.

"둘 다 포기 못 합니다."

"뭬야?"

"형량은 이미 집유 2년으로 합의됐습니다. 그리고 제 비자금은 다 여의도로 상납해 공사 따낸 겁니다."

"회사를 위해 썼다고 더럽게 만든 돈이 깨끗해지진 않는다."

"그래도 만회할 자격은 있는 거 아닙니까."

아들놈의 말대꾸에 최 회장은 주먹을 불끈 쥐었지만 이내 맥이 풀렸다.

"……네놈이 이젠 내 말도 듣지 않는구나. 근데 어쩔꼬? 내가 아무리 오줌주머니를 차고 있어도 의사가 1년은 더 살 거라던데."

"그럼 아버지 살아 계실 때 만회하겠습니다. 이대로 불효자 되긴 싫습니다."

최 회장은 문득 인생무상을 느꼈다.

자식이 처음 드는 반기다. 하지만 이미 지분 이전은 상당 부분 끝났으며, 자신은 내일을 장담할 수 없는 처지다.

"고얀 놈."

"......"

"한마디만 한다. 이 사태 쉽게 수습할 생각 마. 수사팀장이었던 지검장 정도는 사퇴시켜야 할 거다. 그리고 무혐의 발표 미루지 마라. 지금 공정위를 약 올리는 건 독이다."

"그 말씀은 꼭 따르겠습니다."

할 말이 끝나자 최 회장은 귀찮다는 듯 손짓을 했다.

최영석 부회장이 나갔을 때 그의 옆으로 한 사내가 다가왔다.

"인생무상허이. 저놈이 이젠 이 아비 말도 안 들어."

"회장님, 오늘 너무 무리하신 것 같습니다."

"알아는 봤나?"

"네. 표적 수사 의혹이 계속되고 있지만 지검장 사퇴하면 곧 잦아질 듯합니다. 혹시 몰라 메이저 언론사에 광고도 넣어 놨습니다."

큰 사건이 아니니 곧 잊힐 것이다. 언론만 잠잠해진다면.

하지만 마음이 놓이지 않았다. 한 대 맞으면 꼭 두 대로 갚아 줘야 하는 저 철딱서니에게 그룹을 맡겨야 하다니.

"이번 주 내로 주총 열어. 안건은 부회장 징계 건."

"예?"

"저놈이 실형을 안 산다면 내가 살게 해야지. 자격 정지 최소 3년 이상으로 부과해. 그리고 빠른 시일 안에 내 아들놈들 다 자리에서 사퇴시켜. 당분간은 전문 경영인 체제로 간다."

이미 사퇴한 부회장을 주총에 다시 소환하는 건 부관참시나 다름없다. 회장님의 징계 의사는 명백하다.

"하지만 회장님……."

"나도 알아. 어차피 나 죽고 나면 말짱 황이라는 거. 그래도 경각심은 줘야지? 자식에게 드는 내 마지막 회초리일세."

"알겠습니다. 그럼 곧 주총 열겠습니다."

비서실장이 물러나자 최 회장은 긴 한숨을 내쉬었다.

이 그룹을 물려주면 과연 아들들이 잘 지켜 낼 수 있을까?

그룹의 앞날이 벌써부터 까마득해지는 것 같다.

☍

최 회장의 불호령이 떨어지고 난 이후. 검찰은 곧 김 국장에 대한 무혐의를 발표했다.

아울러 이 사태의 모든 책임을 지고 서울지검장이 자리에서 사퇴하였다. 표적 수사 의혹이 계속 커지는 시국이었지만 지검장 사퇴로 모두 일단락되었다.

하지만 이것보다 더 충격적인 뉴스는 바로 한명그룹 삼형제 동반 퇴진이었다.

주가 공시를 통해 주총이 소집되었다는 뉴스가 나왔고, 최영석 전 부회장의 해임이 결정 났다. 전임자를 심판대에 다시 올리는 건 흔하지 않는 일이다. 그들의 이런 결정은 간접적으로나마 표적 수사를 인정하는 것이었다.

"전문 경영인 체제? 참, 나 이거 얼마나 간다고."

"그러게요. 어차피 최 회장이 죽고 나면 다시 자식들 간의 삼파전 아닌가요."

죽을 때가 되어도 호랑이는 호랑이다.

그렇게 반성하는 모습을 보여 주며 행여나 있을 논란을 싹 잠재워 버렸다.

그렇다 보니 반원들의 입에서 나오는 말의 태반이 최 회장에 대한 욕이었지만, 그중에도 축하할 만한 소식이 껴 있었다.

"팀장님, 드디어 무혐의 발표 나왔네요. 김 국장님 바로 복귀하셨다 합니다."

"아, 그래요?"

"네, 과장들을 소집해서 회의하신다고 하네요."

이럴 때가 아니다.

얼른 가 보고 싶다. 가서 고맙다고, 미안하다고 해야 한다.

"알겠습니다, 전 그럼 잠시."

"근데 오늘 중요한 얘기를 하신다고 다른 사람은 오지 말라 했답니다. 얘기를 들어 보니 좀 분위기가 심상찮다고 하던데."

순간 불운한 직감이 들었다.

설마?

똑똑.

"누구?"

"종합국 이준철 팀장입니다."

"오늘따라 손님이 많구먼. 들어와."

제발 그 직감이 아니길 빌었다. 이 사태의 피해자가 물러나는 건 말이 안 된다.

하지만 문을 열고 들어섰을 땐, 이미 휑하게 빈 국장실이 눈에 들어왔다.

김 국장은 주섬주섬 책상 정리를 하며 싱긋 웃었다.

"마침 일손이 부족했는데 잘됐다."

"국장님, 긴히 드릴 말씀이 있습니다."

"됐다. 오늘 나한테 할 말 있다고 덤빈 놈이 몇 명인 줄 알아? 일단 이 침대나 옮겨 봐."

김 국장은 라꾸라꾸 침대를 접었다 폈다 하다가 중얼거렸다.

"아니다, 어차피 후임자도 여기서 노상 자고 다닐 텐데 두고 갈까."

"……."

"아, 뭐 해? 안 거들고. 설마 구경만 하러 온 거야?"

계속해서 대화 주제를 돌리려 했기에 먼저 말을 꺼내는 수밖에 없었다.

"국장님, 이건 아닌 것 같습니다. 검찰이 무혐의 발표하고 지검장이 사퇴까지 하지 않았습니까. 누가 봐도 명백한 표적 수사였습니다."

피해자가 왜 물러나야 하는가.

"좀만 더 견디시면 실추된 명예도 곧……."

"나 그것 때문에 그러는 거 아니야. 이 나이 먹으니까 이젠 책상에 앉아 있어도 골프 생각만 나. 나도 여생 편안하게 보내야지."

"하지만……."

"이미 위원장님께 내 사직서 전달했다. 수리됐고 다음 정기 인사 때 발표 날 거야."

한발 늦었다. 아니 많이 늦었다. 위원장이 사직서를 단번

공정거래
위원회

에 수리하진 않았을 터. 두 사람 사이에서 이미 많은 얘기가 있었던 것 같다.

"그나저나 자넨 아주 머리를 시원하게 밀었구면."

김 국장은 준철의 반삭 머리를 보며 웃었다.

"젊은 친구가 그렇게 외모에 신경 안 써도 되나? 듣자 하니 애인도 없다더구만."

"한 달이면 곧 자랄 텐데요. 국장님 괴로움에 비하면 별것도 아닙니다."

"왜 자꾸 얘기가 그쪽으로 쏠리냐. 그냥 좀 덕담이나 나눴으면 싶은데."

"감사하단 인사를 꼭 드리고 싶었습니다. 그리고 죄송합니다."

준철이 진지한 얼굴로 말하자 김 국장도 더는 웃지 않았다.

"만약 국장님께서 외압을 막아 주시지 않았다면 여기까지도 오지 못했을 겁니다."

"크허허. 아는 놈이 그리 사고를 치고 다녀? 뭐 죄책감 자극하려 하는 말은 아니지만, 네가 사고를 좀 덜 치고 다녔으면 한 1년 더 이 자리에 있었을지도 모르지."

김 국장이 슬쩍 어깨를 쳤다.

"근데 또 그렇게 재미없게 은퇴하는 건 내 성미가 아니거든."

"드릴 말씀이 없네요."

"아니야. 위원장님이 그러시더군. 이번 사태로 내가 전 국민들에게 PR을 제대로 했대. 하긴 검찰, 감사원이 그렇게 깠는데 하나도 안 나왔으면 내가 깨끗하다는 건 증명됐잖아."

"그럼 좀만 더 있어 주십쇼."

김 국장은 고개를 저었다.

"내가 계속 붙어 있으면 놈들은 계속 공정위를 흔들어 댈 걸? 난 딱 여기서 물러나는 게 맞아."

대수롭지 않다는 듯 말하지만 사실 큰 트라우마가 생겼다.

재임 자료가 모든 국민들에게 까발려지고, 감사원이 들이 닥치는 경험은 두 번 다시 겪고 싶지 않은 악몽이다.

이 자리를 계속 지키고 있으면 놈들도 가만있지 않겠지.

"떠나는 사람 걱정 말고, 남아 있는 자신이나 걱정해. 이 팀장도 이젠 혼자 서야지."

"예……."

"자네 진급 소식은 들었나?"

"네. 본청 기획실 쪽으로 간다고 들었습니다. 그것도 국장님께서 추천해 주신 거라고……."

"오 과장이 별 소릴 다 했군. 솔직히 기획실은 뭐 때려잡고 판 벌이는 곳은 아니다. 각 지방 사무소에 조사 좀 해 보라고 지시하는 곳이지. 설명하자면 컨트롤 타워 정도?"

"네, 알고 있습니다. 저도 금방 돌아올 생각입니다."

공정거래
위원회

과연 그럴까.

요직을 거쳤으면 욕심이 나는 것도 사람인 법인데.

"과장이란 자리, 생각보다 막중한 자리다."

"네."

"자네가 보고할 사람 하나가 없어지는 거야. 그리고 밑의 사람도 부릴 수 있고."

공정위 과장. 4급.

지휘부 말단인 자리이며, 이 라인부터 수사를 직접 기획할 수 있다.

다른 과와의 협조가 필요하면 협조 요청도 할 수 있다.

김 국장은 책상에 있는 자료들을 서류 박스에 넣었다.

"나중에 돌아오면 팀장들 너무 들들 볶지 마. 사람이 다 자기 같을 순 없어."

"네, 명심하겠습니다."

김 국장은 흐뭇하게 웃더니 책상에 있는 서류를 들었다.

"아, 이걸 내가 전달하게 됐구먼. 받아. 자네 발령장이야."

서류를 받아 드니 문득 실감이 났다.

세종으로 떠나는구나.

"회포는 나중에 풀자. 그간 고생 많았다. 이 팀장, 아니 이준철 과장."

[종합국 이준철 팀장을 본청 기획조정관 과장으로 보함]

그 문구를 보는데 눈물이 왈칵 쏟아졌다.

—다음 소식입니다. 한명그룹이 삼형제 동반 은퇴를 한 가운데, 차기 경영진이 발표되었습니다. 주요 멤버들은 모두 사장급들로, 당분간은 전문 경영인 체제로 갈 전망입니다. 불확실성이 해소되며 주가가 안정세를 찾아가는 모양새지만, 이 체제가 오래갈 것 같지 않다는 게 대체적인 관측입니다.

—최영석 회장이 병환 중에 있어, 유고 시 다시 경영권 싸움이 치열해질 수 있단 관측인데요. 그룹 주요 계열사인 건설을 놓고 삼형제의 지분 전쟁이 불가피할 전망입니다.

—한편 일감 몰아주기 등으로 비자금을 조성했던 최영석 전 부회장의 공판이 어제 처음 열렸습니다. 검찰은 징역 3년에 집행유예 2년을 구형……

한명그룹의 집안 문제는 심심한 연말을 뜨겁게 달궈 주었다.

시총 1위 기업의 지각변동은 주주들에게 예민한 문제다. 이번 사태로 거의 승계가 확실했던 최영석 체제가 흔들거렸으니, 주가가 작전 세력을 만난 듯 요동쳤다.

혼란을 틈타, 검찰은 비자금 1천억대에 집유 2년이라는 사상 초유의 솜방망이 구형을 신청했다. 딱히 놀랍지도 않은 일이다.

"검찰은 자존심도 없나? 그렇게 농락당해 놓고서 어떻게 집유를 구형하냐?"

"누가 아니래요, 떡검들 아니랄까 봐."

"저렇게 쇼하는 걸 보면 집유 2년으로 그냥 확정된 것 같습니다."

이 사태의 주역이었던 반원들은 한마디씩 거들었다.

"그래도 최 회장이 마지막에 큰 결단을 내리고 갔습니다. 주총을 열어서 바로 최영석한테 자격정지를 때려 버렸어요."

"그러게. 자격정지 3년은 최영석한테 징역이나 다름없을 텐데."

"다 쇼다. 최 회장이 죽고 나면 뭐 이사회가 가만있을 거 같아? 비상 경영이다 뭐다 핑계 대면서 얼른 모셔 올걸."

비관적인 전망이 아니었다.

주총이 내린 징계는 최 회장이 죽기 전까지만 유효하다는 게 대체적인 평가였다.

"오히려 죽고 나면 피비린내 나는 왕자의 난이 펼쳐질걸."

"그럼 더 좋은 거 아닙니까. 서로 견제하느라 비리 같은 걸 저지르기 쉽지 않을 텐데."

"재벌 2세들 생리를 모르냐? 서로 덮어 줬음 덮어 줬지 비리를 안 저지를 놈들이 아냐."

"쉿. 시무식 시작합니다."

반원들은 낄낄거리길 멈추고 단상을 바라봤다.

다사다난했던 한 해가 지나고 어느새 새해다. 오늘은 공식적인 업무에 들어가는 첫날인 시무식이다.

'공정위 가족 여러분'으로 시작하는 위원장님의 신년 연설이 오늘따라 새삼스럽게 느껴졌다.

"아이고…… 벌써부터 빈자리가 크게 느껴지네."

동고동락했던 준철이 오늘은 이들과 함께 앉지 않았기 때문이다.

"임명장 발표 언제야?"

"올해의 공정인상 끝나고요."

"격세지감이네. 저걸 우리가 작년에 탔나, 재작년에 탔나……."

"재작년이요."

뒤돌아보니 세월이 많이 흐르긴 흘렀다.

젊은 팀장과 함께했던 크고 작은 사건들이 머릿속에 주마등처럼 스쳐 갔다.

능력과 별개로 팀장이 확실히 어리긴 한 모양. 젊은 팀장이 진급하고 본청으로 간다는데 꼭 장성한 자식을 출가시키는 기분이 들었다.

그렇게 감상에 빠져 있는 사이.

올해의 공정인들이 자리를 비켜 줬고, 인사 발령자들이 무대에 올랐다.

―마지막으로 내년 인사 발령자들을 발표합니다. 종합국의 이준철 팀장, 카르텔국의……

보통 9급 출신들이 올라갈 수 있는 자리는 5급 사무관이 한계다.

무대에 오른 예비 서기관(4급)들은 대부분 행시 출신인 젊은 사무관들이었다.

10여 명 남짓한 진급 대상자 중에서도 까까머리 준철은 유난히 튀었다.

"여러분들처럼 유능한 사무관들이 있어 나라의 미래가 밝습니다. 공정위를 대표해 여러분들에게 감사를 표합니다. 과장은 지휘부 말단이자, 실무 최선단으로 더 많은 권한과 책임이 여러분들에게 주어질 것입니다. 지금처럼 여러분들의 실력을 유감없이 발휘해 주십쇼."

"기업 간의 건전한 거래문화, 시장 질서는 모두 여러분들의 손에 달렸습니다."

짧은 축사를 끝낸 위원장이 임명장을 건넸다.

"이준철 사무관 이하 10인을 과장에 임명함."

객석에선 축하의 박수가 흘렀다.

"축하드립니다, 팀장…… 아니 과장님. 이제 얼굴도 잘 못 보겠군요."

"아니에요. 2년 채우고 금방 돌아올 겁니다."

"에이~ 기획실에 가면 에어컨 바람을 쐬면서 일합니다. 현장 생각은 하나도 안 날걸요."

"박 조사관, 뭔 쓸데없는 소릴 해? 본청 기획실은 놀면서 일하냐?"

"우리처럼 현장을 뛰어다니진 않잖아요."

반원들이 섭섭한지 객쩍은 농담을 건넸다.

준철도 웃음으로 응대했다.

"제가 현장에서 날아다니는 걸 얼마나 좋아하는데요. 2년 뒤에 다시 뵙죠."

"오더라도 종합국은 오지 마세요. 카르텔국 같은 데 가셔서 국장도 다셔야죠."

"꼭 종합국으로 오겠습니다."

"하하, 참."

"짐 정리는 다 끝내셨죠?"

"네, 택배로 다 부쳤습니다."

"그럼 오늘 소주나 한잔하죠."

"그럴까요? 제가 사겠습니다."

그때 익숙한 음성이 불쑥 침투했다.

"나한테 사기로 한 술은 언제 사?"

"어, 과장님."

"많이들 바쁜가?"

"아닙니다."

과장님이 끼자 반원들이 슬며시 빠졌다.

"얘기들 나누십쇼. 먼저 가 있겠습니다."

오 과장은 눈치를 슬쩍 살피다가 말했다.

"아쉽지?"

"네, 아주 조금요. 근데 어차피 금방 돌아올 겁니다."

"아까 하는 얘기 들었다. 꼭 종합국으로 돌아온다는 약속 지켜."

"흐흐, 저 오실 때쯤이면 과장님 안 계시지 않습니까."

"갈 때 가더라도 믿을 만한 놈한테 자리를 넘기고 가야지."

"평소에 저 별로 안 믿으시지……."

"이 자식이!"

오 과장은 등짝을 때렸다.

"내가 안 믿었으면 네가 이렇게 사고 치고 다닐 수 있었을 것 같냐?"

"흐흐, 농담입니다. 과장님도 회식 함께하시죠."

"내가 거기에 가면 분위기가 살겠냐? 흐흐. 오늘은 됐고, 나중에 한잔하자."

"아, 예. 근사한 곳에서 모시겠습니다."
"흐흐, 기대하지."
그리 말하며 손을 내밀었다.
"축하한다, 이준철 과장."

다음 권으로 이어집니다

공정거래
위원회

천재 셰프 회귀하다

신사 현대 판타지 장편소설

독보적 미각의 천재 셰프
절망의 불구덩이에서 다시 기회를 얻다!

가스 폭발에서 사람을 구한 대가로
미각도, 손도 잃은 도진
재기를 마음먹은 어느 날
또다시 가스 폭발 사고에 휘말리고
한 번만 더 불 앞에 서기를 바라며 눈을 감는데……

미각과 손을 가져간 화마, 2회 차 인생을 선물하다?

고등학생으로 회귀한 후
과거의 지식과 경험을 바탕으로
요리계에 지각 변동을 일으키다!

요식업계 초신성에서 파인다이닝 오너 셰프까지
요리 명장의 인생 플레이팅!

꿈의 도약, 로크에서 하십시오
(주)로크미디어에서 신인 작가를 모십니다

즐거운 세상, 로크미디어는 꿈을 사랑하고 도전을 두려워하지 않는 작가 분들의 참신한 작품을 기다리고 있습니다. 21세기 장르 문학계를 이끌어 갈 차세대 선두 주자 (주)로크미디어에서 여러분의 나래를 활짝 펴 보시길 바랍니다.

모집 분야 판타지와 무협을 포함한 장르 문학
모집 대상 아마추어 작가, 인터넷 작가
모집 기한 수시 모집
   작품 접수 시 유의 사항
   1. 파일명은 작가명_작품명.hwp형식을 갖춰 주십시오.
   1. 파일에 들어갈 내용은 다음과 같습니다.
      ― 성명(필명인 경우 실명을 밝혀 주세요), 연락처, 이메일 주소.
      ― 제목, 기획 의도.
      ― A4 용지 1장 분량의 등장인물 소개.
      ― A4 용지 2장 분량의 전체 줄거리.
      ― 본문.
   1. 작품이 인터넷에 연재되고 있다면, 게시판명과 사이트의 구체적이고 정확한 주소를 기재해 주십시오.

선택된 작품은 정식 계약 후 출판물로 간행되어 전국 서점에 유통됩니다.
작가분은 (주)로크미디어의 전폭적인 지원하에 전속 작가로 활동하시게 됩니다.
※ 자세한 내용은 로크미디어 홈페이지(rokmedia.com)를 참조하세요.

(04167)서울시 마포구 마포대로 45 일진빌딩 6층
(주)로크미디어 편집부 신간 기획 담당자 앞
전화 : 02 ― 3273 ― 5135
www.rokmedia.com   이메일 : rokmedia@empas.com